沿着韩江读书

记南粤“左联”之旅

广东省城乡规划设计研究院
南粤古驿道保护利用研究中心 主编

SPM
南方出版传媒
广东经济出版社
·广州·

图书在版编目（CIP）数据

沿着韩江读书：记南粤“左联”之旅 / 广东省城乡规划设计研究院，南粤古驿道保护利用研究中心主编. —广州：广东经济出版社，2021.10

ISBN 978-7-5454-7936-2

Ⅰ. ①沿… Ⅱ. ①广… ②南… Ⅲ. ①中国左翼作家联盟—研究 Ⅳ. ①I209.6

中国版本图书馆CIP数据核字（2021）第195390号

责任编辑：冯　颖　陈　晔　罗嘉慧
责任校对：李玉娴
责任技编：陆俊帆
封面设计：友间文化

沿着韩江读书——记南粤“左联”之旅
YANZHE HANJIANG DUSHU——JI NANYUE “ZUOLIAN” ZHI LÜ

出版人	李　鹏
出　版 发　行	广东经济出版社（广州市环市东路水荫路11号11～12楼）
经　销	全国新华书店
印　刷	佛山市迎高彩印有限公司 （佛山市顺德区陈村镇广隆工业区兴业七路9号）
开　本	730毫米×1020毫米　1/16
印　张	12
字　数	174千字
版　次	2021年10月第1版
印　次	2021年10月第1次
书　号	ISBN 978-7-5454-7936-2
定　价	58.00元

图书营销中心地址：广州市环市东路水荫路11号11楼
电话：（020）87393830　邮政编码：510075
如发现印装质量问题，影响阅读，请与本社联系
广东经济出版社常年法律顾问：胡志海律师

本书编写组

顾　　问　许瑞生

策　　划　邱衍庆　方为民　马向明　任庆昌

主　　编

广东省城乡规划设计研究院

南粤古驿道保护利用研究中心

编写委员

徐　涵　林善泉　牛丞禹　廖泽群　蔡倩仪　张子健　陆倩莹

郭永振　张倩帆　齐清峰

支持单位

中国左翼作家联盟会址纪念馆

中山大学

韩山师范学院

汕头市金山中学

广东省韩江流域管理局

广东省文物考古研究所

广东省立中山图书馆

广州鲁迅纪念馆

南粤古驿道网

广东省港航集团有限公司

广东省规划师建筑师工程师志愿者协会

广东省国土空间规划协会

汕头市野外运动协会

序言

Preface

中国左翼作家联盟（简称“左联”）会址纪念馆的何瑛馆长来电，说广东的朋友们写了一本书，是关于“左联”的，想要我给他们写几句话作为阅读引导。我对涉及“左联”的事，自然是有兴趣的，况且是关于我们平时比较少关注的粤东的“左联”往事。等拿到稿件，一看题目，是《沿着韩江读书——记南粤“左联”之旅》，我立刻想起受到鲁迅激赏的一幅木刻作品，叫作《韩江舟子》，作者就是出生于粤东兴宁的罗清桢。鲁迅曾说：“擅长木刻的，广东较多。”他特别赞赏的，一个是广州的李桦，还有一个就是兴宁的罗清桢。[1]当时，作为左翼文化运动的一个分支，新兴木刻运动的骨干大部分是广东人，而其中是粤东人或在粤东活动的，就至少有15人。

波澜壮阔的左翼文化运动，发轫于上海，兴盛于各地，但上海始终是龙头，是大本营。各地的左翼文化运动多集中在大中城市，广东也是左翼文化盛行的热土。但我一直没有弄明白广东参加新兴木刻运动的人为什么会那么多。我研究“左联”，也没有考察过有多少人来自粤东，其中又有什么内在逻辑。现在通过阅读这部《沿着韩江读书——记南粤“左联”之旅》书稿，似乎有所感悟：粤东曾经是最早的中国革命根据

① 1934年12月18日晚鲁迅给金肇野的信。来源：https://www.mmzy.org.cn/mmzymsy/djfc/lihua/article/39231.aspx。

地之一。1927年9月，中国共产党领导南昌起义的部队在潮安驻扎了7天，建立了第一个红色政权，史称“潮汕七日红”。随后，彭湃等人在粤东建立了海陆丰根据地，海陆丰根据地在当时是革命根据地建设的标杆和示范，影响巨大。

同时，粤东在当时还有一条重要的红色通道。当时中共中央有一条从上海到江西苏区的红色交通线，水路经由上海、香港到达汕头，再乘船经潮州、大埔三河坝转汀江至茶阳，到清溪镇虎市村汀江，后转陆路最终到达江西瑞金。江西苏区建立后，从中共中央的所在地上海到江西苏区的道路是被阻断的，无法直接前往，于是在周恩来的领导下，这条红色通道建立起来了。大批党的干部，正是通过这条红色通道，从上海奔赴苏区。在国民党反动派对苏区的军事“围剿”越来越严重的时候，这条通道成为中央苏区唯一的对外通道，被称为“摧不垮、打不掉的地下航线”。如此深厚的革命基础，如此广泛播撒的革命火种，革命后来能在各地生根开花，熊熊燃烧，自然不是什么奇怪的事。事实上，中国革命的先驱者们在这里撒下的红色种子，随着革命潮流的风云激荡，飘散到各地，一旦遇到革命雨露的滋润，便自然而然地在大石底下萌芽、顽强生长并开花。除了大批投入工农红军的青年，还有一批从事文化工作的青年，他们把目光投向了当时中国的左翼文化运动中心上海。所以，当时在上海的左翼文化战线上，来自粤东的人士占有不小的比重，而且做出了重要的成就，同样也献出了宝贵的生命。如洪灵菲、戴平万、丘东平、冯铿、蒲风等著名的“左联”英烈，他们的人生经历、他们的爱与恨、他们的前仆后继和不懈努力甚至牺牲生命，更是令人不胜唏嘘，掩卷深思。他们是“左联”的光荣，也是粤东的光荣。当包括冯铿在内的“左联五烈士”被残酷杀害时，也就是“左联”最困难的时期，鲁迅发出了悲愤的呼喊：“中国的无产阶级革命文学在今天和明天之交发生，在诬蔑和压迫之中滋长，终于在最黑暗里，用我们的同志的鲜血写了第一篇文章。”①“中国失掉了很好的青年。”“将来总会有记起他们，再说他们的时候的。”②“左联”的功绩是彪炳千古的，“左联”烈士是永远不能被忘记的。

读这本书稿时，我忽然发现，当时粤东的革命与上海正是遥相呼应的。虽然两地的社会状况、经济条件、文化环境的差异巨大，但当1927年上海陷入“四一二”反革命政变后的“白色恐怖”时，粤东的革命承接南昌起义的锐气，风起云涌。而当粤东的革命进入低潮后，来自粤东的红色文化人，又投入上海的左翼文化运动中与之遥相呼应，不仅在文学界，在戏剧、音乐、美术、电影等各个领域，都有出色的表现。这看似巧合，却绝非偶然。因为在马克思主义不可阻挡地进入中国时，在中国共产党人顺应民心，揭竿而起寻找革命前途的过程中，以上海为代表的中心城市革命失败，痛定思痛的中国共产党正确地把目光投向了农村。这正是中国人民上下求索，探寻革命出路的生动写照。而粤东虽然濒海，但作为著名侨乡，却是经济相对发达、文化相对开放的地区，与同样开放、同样具有海纳百川的性格，也同样经受过腥风血雨洗礼的上海，在城市性格上有着相当的契合度，对革命新潮具有一种与生俱来的敏感。南昌起义部队之所以在这里立足，与此不无关系。因此，粤东在文化上能够迅速感受上海左翼文化所代表和引领的文化潮流并与之呼应，就是十分自然的事了。

再放宽一点视野就会发现，其实当时上海与正在推动左翼文化运动的各地，就是这样一种联动的关系，只不过粤东是一个更加典型和集中的例子。同样令人瞩目的是，当各地还没能梳理出一个这种联动、互动的历史

① 鲁迅：《二心集》，北京联合出版公司，2020，第135页。

② 鲁迅：《鲁迅自编文集：南腔北调集》，译林出版社，2014，第97页。

脉络时，广东的一群年轻的城乡规划师、建筑师和工程师则通过本书，初步勾勒、描绘了粤东与上海左翼文化运动的内在联系的历史图景，从地域文化与全国文化大潮联动的角度，讲述了来自粤东的“左联”成员参与中国左翼文化运动的感人故事。这让我们在重温这些粤东人的“左联”历程中，感悟两地的文化联系，感悟左翼文化运动的历史必然性及其历史功绩，确有耳目一新之感。

特别让我感兴趣的是，近年来，在广东省政府的支持下，粤东文化界组织了多场别开生面的革命先辈和“左联”先人旧迹寻访活动。2019年3月24日，潮汕两地联合举办“关爱母亲河”韩江流域徒步活动，邀请革命先烈后人和揭阳、梅州等地的干部群众，自东凤出发，穿过龙湖，到达江东，沿着韩江大堤串联“左联”文化节点，徒步18公里，一路寻访文化旧迹，缅怀“左联”先人。而且，这条路线还与当年的红色交通线高度吻合。这是粤东革命文化传统的宝贵财富，在90年后的今天，当地组织这个活动，重走当年路，缅怀先人，是具有时代意义和启示意义的。显然，这本书也正是作者从革命先辈和“左联”先人身上深深感受到他们强烈的爱国情和家乡情，感受到他们呼唤民族解放与崛起的激情，发为心声，形成文字，既记载历史，又启迪未来，是值得珍视，也是值得称扬的。

“左联”是第一个由中国共产党领导的革命文学组织，左翼文化运动是党的历史上第一次在舆论上对国民党形成压倒性优势，是党的历史上一个光辉的里程碑。在学习党史的过程中，这本书将给我们带来更多启示。

王锡荣

2021年4月5日

目录

第一章 孕育
从洪涝泛滥到人水和谐的韩江

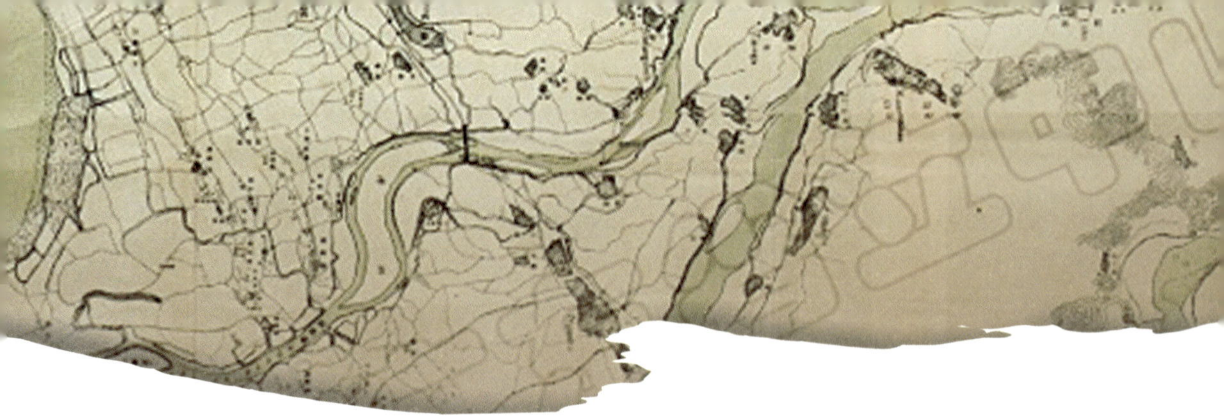

第二章 启程

从韩江走向上海滩

第三章 奋进

粤东“左联”青年们的文学战场

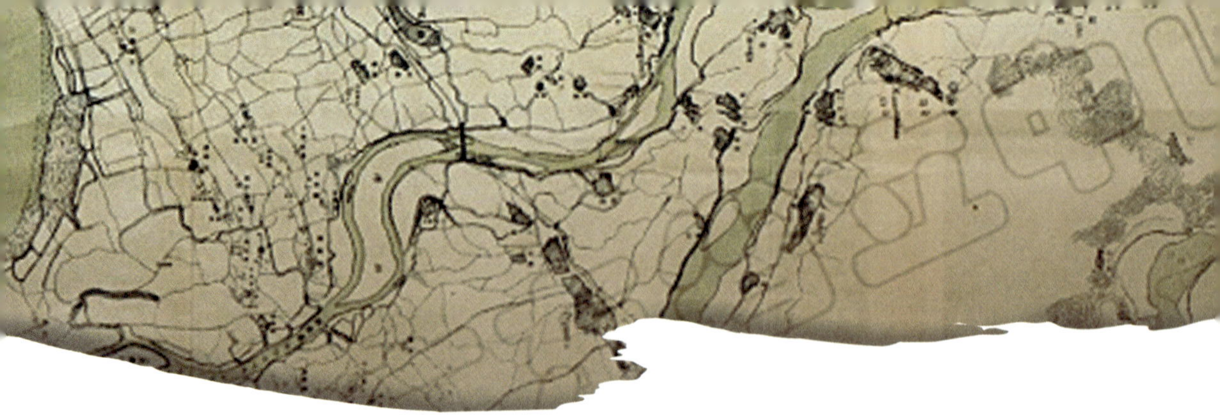

第四章 涅槃

“左联”故人旧文新动能

第一章 孕育

从洪涝泛滥到人水和谐的韩江

第一节 韩江自然地理变迁

一、韩江东望水连天

"三山环拱一水围"，韩江，恩惠了整个潮汕平原。潮汕的兴盛，离不开韩江。韩江古称员水，后又有鳄溪、恶溪之名，是我国东南沿海最重要的河流之一。干流滥觞于广东省紫金县梅江和福建省宁化县汀江，后与梅潭河于大埔县三河坝相汇，自北向南流经潮州、汕头二市，最后奔向南海的怀抱。粤、闽、赣三个省份，犹如三颗明珠，闪耀辉映在韩江两岸。韩江水淌过470公里，跨越三省，全流域面积达30112平方千米[①]。习习江风吹拂，泛泛水波起落，奔流不息的韩江水，润泽了江滨22个市县灵动的气韵和勃发的生机。"韩江东望水连天"，登临湘子桥，即望见澄静而苍茫、宽达百米以上的韩江水面，其有时会令人产生置身广阔海面的错觉。在地形上，韩江流域沿线总体自西北向东南倾斜。韩江、榕江、练江三江共汇南海，三江冲积形成潮汕平原，在一马平川的平原地区，河流纵横交错、呈网状分布，构成极具特色的滨江水域生态环境。韩江流域介于热带地区和亚热带地区之间，整体属亚热带海洋性季风气候，雨热充沛，干湿明显。不过，受北部凤凰山和西北部莲花山脉的影响，气温比同纬度其他地区略高。

二、抬升与沉积：沿线环境差异

韩江碧水长流，自青山奔泻至入海口，流经了连绵起伏的地形地

① 张正栋：《韩江流域土地利用变化及其生态环境效应》，地质出版社，2010，第21页。

貌，坐拥山地丘陵区和三角洲平原区两大地形单元。显著的地理差异，孕育着流域内各具特色的生态景观，看那江面之上，江水两岸，不同的水文条件、土壤植被、野生动物空间分布，连缀起了韩江流域风光旖旎的绝美画卷。山地丘陵区坐落于韩江中上游的梅州地区，该区域受新构造运动的地壳抬升和河流下切影响，因此有了我们今天看到的以东北—西南向排列着的低山、丘陵、盆地，而肥沃的赤红壤、红壤、黄壤和熟化程度较高的水稻土等土壤，为这片土地孕育出绵绵福祉。受惠于山地垂直、土壤生物气候带的多样性，一棵棵马尾松在原本长期受人类活动干扰而破坏殆尽的原生植被之上竞相拔节，郁郁葱葱地铺成一片次生林地。江水携泥沙沉积两岸，在下游堆砌成三角洲平原区，覆盖于潮州市和汕头市内，默默见证着世事沧桑。平原区高低起伏不大，平坦、低矮是其地势呈现出来的整体特点，加之河床坡度小，流水缓缓淌过，融曲化直，漫渍土地与草塘，直至水稻土、潮土、滨海沙土等土壤浮出地表。

三角洲平原区有四个子分区，包括三角洲顶部扇形堆积平原区，三角洲中部低地平原区，东溪、西溪三角洲沙垅潟湖平原区，北溪三角洲滨海低地区。顾名思义，三角洲顶部扇形堆积平原区位于三角洲顶部，远看，中部高两侧低，河流奔腾千里，使泥沙大量堆积，产生淤积作用，久之，洪泛平原诞生了。三角洲中部低地平原区以弧形带状形态镶嵌在顶部扇形平原外缘，河塘洼地星罗棋布，如母性慈柔般滋养着沿岸的土壤，因此，该地农业耕作的条件可谓得天独厚。可见，韩江是一条有容乃大的生命带，无论是其空间长度、时间长度还是她所拓展的广度，都深深影响了当地灿烂文明的形成。东溪、西溪三角洲沙垅潟湖平原区受海洋动力影响沉积而成，沙垅带上游孵化出许许多多的乡镇。位于北溪下游的是北溪三角洲滨海低地区，为竦峙着的海山岛和南澳岛所阻挡，波浪作用影响相对微弱，不过，由于处在防潮闸下游，苦于咸潮灾害久矣，村落寥若晨星，人口分布自然也少。

三、与河流争土地的地貌变迁和行政中心转移史

在千万年之间，韩江流域的自然环境收藏了历史演化进程中的所有美丽和秘密，对沿线的人类活动和社会发展的影响亦是深远而持久、难以磨灭。沿线勤劳的人们耕耘不辍，在制造生存资料的同时，也将主体的力量投入到对流域内自然面貌的改造上，并建构出一个独特的人类生存空间。回溯到唐代以前，当时受制于气候等因素，韩江流域地区的人烟稀少，人类活动对当地自然环境的影响可谓寥寥。据史料记载，至宋代以后，由于海平面的多次升降与波动，大量淤积的泥沙随雨水而至，韩江三角洲迅速形成，也是从此开始，潮州人口数量呈指数型增加。北宋时期，低气温叠加干燥的气候，水位下降，以古潮州溪为代表的部分支流开始干涸。南宋时期，气候变得多雨潮湿，河水经常有暴涨乃至泛滥的情况，后来在沿线居民的努力之下，层层堤围加筑而起，将汹涌的奔流收束归槽，泥沙于是随波逐流，被洪水带到河口，反映到地图上，就是三角洲的海岸线有了大幅度推进。到明清两代，人口增长更为迅速，韩江中上游山地历经了人类大规模的开垦，毁林开荒导致水土流失。眼见流水一路裹挟着泥沙在下游河道淤积，洪涝灾害愈发酿成猛虎之势，为此，人类再一次大量修筑防洪堤岸，三角洲的河流便在这一时期基本定型。此后的数百年间，伴随着沿海滩涂不断被围垦，海岸线渐渐延伸，往昔沧海悄然演变为今日的桑田。梳理潮汕地区的土地利用与植被变迁史，就会发现，潮汕的历史，就是一部向河流争土地、博生存的历史，今天的海岸线，几乎是历代居民用自己的双手“画”出来的。晋安帝义熙九年（413年），乃将揭阳以县充郡，易以义安之名。据《宋书·州郡志》记载，其时新置之义安郡统海阳、潮阳、绥安、海宁、义招5县。自此古揭阳之名被取代。隋开皇十一年（591年），在原义安郡立潮州，粤东的中心也就从依岭而立的揭阳逐渐转移到韩江水边的潮州，但是，韩江三角洲地质地貌并没有一成不变，加之经济、政治以及社会环境等各方因素的交相影响，韩江入海口的汕头最终取代潮州，成为新晋的粤东中心。

韩江是一条天然的纽带，其沿线的自然地理环境和资源，维系着流

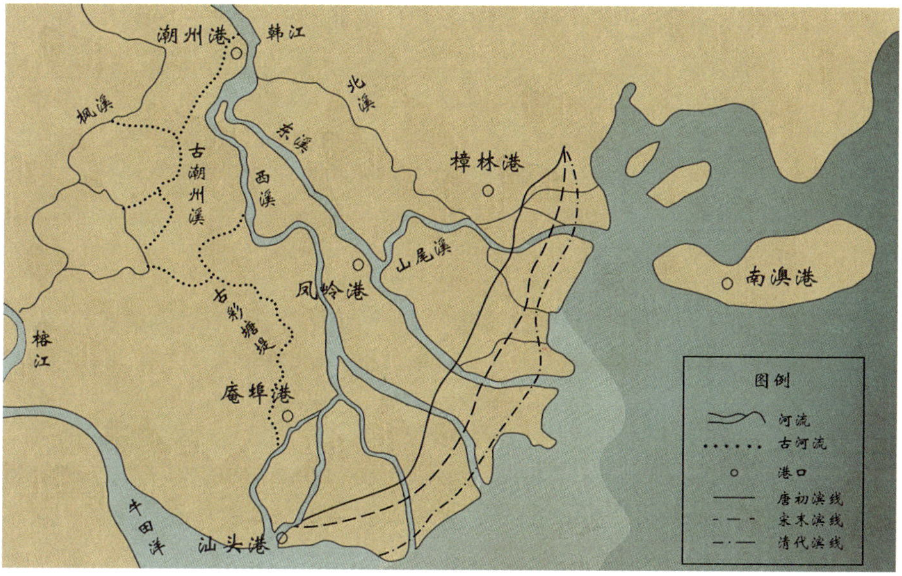

历史时期潮汕海岸线变迁（来源：牛丞禹根据《韩江三角洲》文献内容自绘）

域内人民的静好岁月，同时为历史故事的演绎搭建起广阔的舞台，这些故事在粤东大地相互碰撞、交流、融合，将岁月的变迁娓娓道来。故事记载并见证了韩江儿女如何从南海之滨，一步一步走向全国各地，而后又重返海洋，在与海外民族的接触交流中，形成内外交织的文化特质。

第二节　韩江沿线历史人文变迁

一、潮汕文化的前奏曲

在韩江沿线文化系统的成形过程中，韩江本土文化受到沿线中原移民文化的影响，也曾从海外文化中汲取有机营养，在文化碰撞中迸射出独特的火花，熔铸了一个开放且动态变化的系统。值得一提的是，经济文化中心的南移，为韩江沿线文化的形成与发展注入新动能，这种影响具有决定性意义。

公元前214年秦始皇平定岭南后，在南海郡揭阳岭设置戍所。东汉末年，北方人民的生存空间渐见逼仄，很多人被迫向南方迁移、谋求生路，为原本地广人稀的南粤之地注入全新的血液，新一轮的历史发展机遇之门也为之打开。弹指一挥，南粤文化经济在数百年间迅速崛起。晋室东迁，江淮文化与经济的进一步腾飞，协同缔造了南方地区的富庶与繁华，潮汕地区也从此跨入历史发展快车道，一个靓丽转身，成为岭南名郡。宋代以后，大批福建移民落籍潮州，一方面，劳动力增多使潮汕获得了经济扩张的“加速度”；另一方面，由于移民从闽南流入，潮汕地区不仅受到国家正统文化影响，也涂上了一层浓厚的闽南文化底色。至于元朝，倭寇不时对沿海城市发动袭击，好在骚乱并没有抑制商贸的活跃，海上熙熙攘攘的商道仍然是潮汕人谋生致富的必经之途。封建社会晚期，明清时代的国门长时间处在封闭状态，私自进行海外贸易被严令禁止，自宋元以来建立的海外通商传统被迫按下了中止键，海洋商贸文化发展遭罹严重挫折。不幸中万幸的是，客家文化和潮汕文化得到扎根式发展，后康熙开放海禁，大批粤东居民通过樟林古港出洋。

潮汕开埠后，远道而来的西方人士（尤其是传教士）带来了先进的科学技术，潮汕地区兴起了西学东渐之风。西方人士逐步在当地拓宽其文化辐射面，潮汕文化慢慢地酝酿出新的特质。19世纪末，以新生事物为载体，新文化与新思想为潮汕地区送来了一股暗涌浮动的启蒙气息，包括学堂、出版社等在内的大量新式教育文化设施和机构在当地如雨后春笋般纷纷涌现。随着民主革命思想的广泛传播，辛亥革命前夕，同盟会成员们在国内频繁活动，其中一个重要驻地就是潮汕地区。1927年大革命失败后，党的八七会议计划逐步建立全国性秘密交通网。水路交通线由上海经香港到汕头，沿韩江溯流而上经潮州到大埔三河坝，再转汀江至茶阳，最后抵达青溪村沙岗头，至此，红色基因在潮汕地区逐渐从星星之火到燎原之势。

二、文化场域中的多声部争鸣

（1）潮汕文化：发轫、焕新与转型

潮汕文化以中原文化为基底，并在福建闽文化的熏陶中焕发新貌，展示着开放与包容姿态。具体而言，秦汉时期，南越国自立于五岭之南，伴随着中原移民的流入，潮汕本土文化受中原文化的影响逐渐加深，可以说，中原文化为潮汕文化的发轫埋下了萌芽的种子。及至宋元，大量福建移民离闽入潮，这是潮汕文化史中的又一重要发展契机。明清时期，潮汕地区人口密度持续增加，海防政策的落地促进了农业商品化，手工业和商业亦乘东风开枝散叶，为潮汕文化的最终定型发挥了举足轻重的作用。在此期间，儒家思想潜移默化地渗透到社会各个阶层，成为潮汕文化的核心，被奉为官学。

1900年潮汕主要经济活动——农夫车水（来源：《汕头旧影》，广东省韩江流域管理局）

潮汕开辟为商埠以后，西方资本主义势力逐渐深入潮汕的腹地，外部社会经济的嬗变促使以儒学为核心的潮汕文化迈向多元化。1840年的鸦片战争强势打开了中国的大门，依托海洋贸易的潮汕自然无可避免地被裹挟卷入近代化的浪潮中。19世纪末至20世纪初，潮汕封建主义经济结构呈现出解体之势，而资本主义生产方式方兴未艾，相应地，资产阶级民主思想开始广泛传播。当时新思想提倡引进西学、经世致用，“中体西用”的旗帜高高飘扬，显然，当主流风气转变，潮汕地区社会经济的变革便是水到渠成。

提及近代潮汕文化转型，无法绕过一个在此过程中起着承上启下作用的关键人物——丁日昌。从主持创设江南制造总局，到倡议发展新式航运业、设立新式海军，这个来自潮州府丰顺县（今梅州市丰顺县）的洋务派官员立下赫赫功勋，并协助容闳促成中国首批留学生赴美[①]。自近代以来，工商业的繁荣为潮汕创造了源源不断的财富，至今粤东大地仍然流传着“潮州出钱财”的种种佳话，而商海弄潮也早已浓缩为某种文化因子，融入该民系的血液之中，成为其安身立命的重要支撑。从传统农业社会向近代商业社会转型，潮汕文化仿佛踩上了风火轮，凭借强劲的生命力和创造力大放异彩，为其在新时代的历史性嬗变积蓄着动能。

（2）客家文化：移植南粤，绽放异彩

回看潮汕发展史，能从其内在肌理窥见客家文化的深深印痕，客家文化作为滋养潮汕文化的重要养料，其本身的发展也体现着多元融合的特质。客家民系的形成要追溯到宋代，其时，随着政治经济中心的南迁，蜂拥而至的中原移民涌入赣南闽西粤东地区落地生根。经过宋元时期的繁衍，梅州一带成为广东客家人最主要的聚居地，自此，客家文化成为岭南三大文化之一的基础已具雏形。先进的农业生产技术经验和工商业的传统追随闽南人的脚步，于潮汕地区安营扎寨；与此同时，宗族

① 郑智勇：《丁日昌与中国首批留学生赴美》，《汕头大学学报》(人文社会科学版) 2003年增刊1期。

文化传统也穿越山山水水，迁入潮州的闽南人多出身于官宦世家、名门望族，他们十分注重家族历史和文化传统，这使得现代潮汕人重视宗族血缘之风有据可循。客家文化随着闽南人的迁入对潮汕地区的影响还体现在：自从移民将方言、宗教信仰和生活习惯带入潮州，闽南民俗文化便在韩江流域迅速传播开来。

（3）侨乡文化：中西交融，反哺故土

在中外文化的交流与碰撞之中，侨乡文化应运而生，成为“中学为体，西学为用”精神的生动注脚。正所谓“有潮水的地方便有潮人”，据《潮海关史料汇编》中的统计，一直到1911年，潮汕地区的海外移民高达百万人。1869年到1934年期间，平均每年净流出两万多人[①]。可见，远方是许多潮汕人心头挥之不去的一种魅惑。都说热土难离，但是，当华侨们挥别故乡、叩开异国的大门时，在自觉抑或不自觉之中都会接受所在国文化的濡染。事实上，华侨与故乡间的人员往来和通信是异质文化传播的活载体，部分华侨从海外返回故土从事文化、教育工作，这方面的影响甚至超过了长驱直入的西方文化。譬如，澄海华侨陈慈黉[②]在前梅村建立“郎中第”，包括了三座大宅和书斋，占地面积达16000平方米，中式韵味与西方建筑实现了紧密交融，是文化交流、中西结合的生动范例。借助学校的大力创办，海外新思想、新知识迅速传播，潮汕文化的发展亦深受其惠。

（4）红色文化：源源不断的信念与力量

安澜韩水在20世纪二三十年代是新兴思潮激荡的前滩，哺育了一批又一批慷慨而激昂的左翼青年。他们用鲜血和生命，将潮汕人民的爱

① 赵春晨、陈历明：《潮汕百年履痕——近代潮汕文化与社会变迁图录》，花城出版社，2001。

② 陈慈黉（1843-1921），潮州饶平人（今汕头澄海人），1871年于泰国曼谷创设陈黉利行专营出入口贸易，陆续创设各火砻于曼谷。

国主义精神，演绎为激励人心的红色故事。在国民党反动派的"白色恐怖"席卷全国之时，不断发展壮大的苏维埃政权犹如一座即将喷发的活火山，耸立在各革命地区的核心地带，随时震慑着蒋介石、汪精卫的统治。同时，由于上海党中央与各苏区远隔千里，途中敌人严密封锁，猛如磨牙吮血的豺狼，各苏区要顺利突围，面临着信息闭塞、物资匮乏、干部奇缺等重重阻碍。于是，打通党中央至各苏区的联络通道、解决运输与通信等问题成为燃眉之急，毕竟这关系到革命火种的存续。在这个背景下，秘密交通线被寄予传发文件、运送物资等殷切期望，将承担起党中央机关由上海到中央苏区重大转移的光荣任务。1930年6月，卢肇西赴上海向周恩来报告了毛泽东等急需建立由上海通往闽西、赣南交通线的意见与设想，随后这些建议被中央政治局纳入"苏维埃区域目前工作计划"。

接壤福建，比邻南海，韩江流域的下游区域是岭南门户、华南要冲，地理位置的重要性不言而喻，因此，潮汕地区成为秘密交通线建立的首要选址，被写进了红色洪流之中的大时代历史。韩江沿线是海滨通往内地的经济命脉，自晚清以来便常有商贾云集、楼船万国的繁荣之象，频繁的商贸交易为红军同志往来提供了掩护。并且，当地的群众革命热情高涨，坚定地拥护革命，因此红军同志在这里易于隐蔽。回到闽西苏区后，卢肇西按照周恩来的指示着手在永定虎岗建立了"工农武装交通站"，为后来打通从上海通往中央苏区的交通线奠定了坚实基础。在周恩来、吴德峰等的指导下，一条由上海始发，途经香港、汕头、大埔等地，通往"红色首都"江西瑞金的新交通线纵贯中华大地。1933年初第四次反"围剿"战争前后，这条交通线成为穿越"白色恐怖"、护送干部和物资进入中央苏区的唯一通道，沿途多地为此设有多个交通中转站和联络站。相比波澜壮阔的武装斗争，这条中央红色交通线更多凝聚的是众多无名英雄的默默奉献。1934年10月红军长征后，这条红色交通线脉动不息，继续守望着中央苏区闽西和党、政、军为一体的"闽西（南）军政委员会"，在确保党的"血脉"畅通的同时，延伸出源源不断的信念与力量。

三、文化传播：斑斓地图与激昂之歌

韩江沿线文化的传播和影响，在海外移民和革命战争时期形成了一道又一道亮丽的风景线。

走出去，再引进来，侨乡文化绘制出一幅五彩斑斓的地图。飘零异乡，以潮商为代表的海外移民从来没有放弃深植于内心的归属感，他们自豪地向世界展示潮汕文化与客家文化，并搭建起文化交流的桥梁，亲眼见证了潮汕侨乡文化从发轫到成形的全过程。立足于泰国、新加坡、马来西亚、印度尼西亚、越南和柬埔寨等国家，80%的潮籍海外侨胞在东南亚落地生根，组成一个庞大的华人社交圈。借助于此，潮汕文化和客家文化迅速踏出了“走出去”的稳健步伐，其中潮汕话、宗教信仰、宗亲思想、慈善活动、潮剧潮乐等的声名最为远扬，它们随着传入地域条件的不同也呈现出多样化的融合趋势。当然，文化的传播并非是单向度的，海外华侨亦通过回国投资、开办教育等方式将西方文化引进国内。一方面，潮汕本土保留原有语言、饮食、建筑艺术、伦理道德和社会风尚，有着深厚的本土文化基因；另一方面，潮汕文化又深受侨居地文化浸染，在对异质文化的接受与吸收中，发挥创造性力量，使其精华部分为自己所用。如是，潮汕侨乡文化博采多方之长，通过本土与西方的碰撞交流提炼出有价值的成分，熔铸成富有特色的地域文化。

革命文化血染韩水，谱写出一曲缀满红色记忆的激昂之歌。早在1917年，潮汕便成立了学习、研究与宣传马克思主义的阵地——城东青年图书社，于民穷国弱、山河破碎之时留下了无数有志青年伏案研读唯物主义与科学社会主义的身影。从此，韩水滔滔、奔流不竭，红色思想如江中荡漾着的波纹，大范围地传播与延伸开来，滋润着汲汲于真理之人的心田。《岭东民国日报》在国内开风气之先，于大革命时期大量刊登了柯柏年等翻译的马克思主义著作。这些著作为中国共产党人所虔诚捧读，指导他们探索中国革命的康庄大道。在浩浩荡荡的大革命风暴之中，国民革命军于1925年两次东征潮州，并得到当地居民的热烈策应，最终击溃了盘踞在这里的反动军阀，潮汕地区顺势成为国民革命策源地的重要组成部分。当时，潮州迎来了黄埔军校潮州分校的成立，其输送出大批血气方刚的军人，为广东革命根据地的巩固和发展，乃至为后来的北伐之役做出了重要贡献。很快，土地革命拉开序幕，无产阶级革命家在潮汕开展工农武装斗争。其间，农村革命根据地由点缀连成片，直至将革命的薪火燃遍了整个粤东。潮汕地区共产党人、红军游击队、工农革命群众和爱国侨胞，高举武装斗争的旗帜，为建立苏维埃政权浴血奋战，用青春与血泪凝成了不怕牺牲、百折不挠的革命精神。而今，江流依旧，盛世的安稳早已将旧时代的阴霾一驱而散，慕名前来的游客临江眺望，听那潮声泣诉着荡气回肠的过往，在恍惚中，那曲革命英雄主义的宏伟乐章仿佛穿越时光，铿铿锵锵地在耳畔回响。

第三节　韩江沿线社会经济变迁

一、从滥觞到鼎盛：农耕文明的发展轨迹

（1）从“舟楫为食”到火耕水耨

自旧石器时代始，韩江沿线就有人类在此栖居，在漫长的历史长河中逐渐形成一系列颇具地域特色的传统农耕习俗。北宋地理学家欧阳忞编著的《舆地广记》卷三十五《广南东路》记：“潮州，春秋为七闽地，战国为越人所居。”公元前355年，越国战败于楚，部分越国人拖家带口向南边进发，他们携先进的农业耕种工具和技术而落脚粤东地区，韩江沿线首次出现了火耕水耨的景象，以“舟楫为食”的渔耕文明也由此获得了进化为农耕文明的契机。至8世纪（中唐）以前，韩江沿线还未得到充分的开发，当地居民所处的生存环境虽不至“穷山恶水”，但也不能说是优越。那时，韩江中下游地区还没有淤积成陆，河床较为低矮，与现在的高度还有相当明显的差距。韩江中经常出现的鳄鱼伤害人

畜，成为当地老百姓的大害，韩江的“恶溪”之名由此而来。

（2）稻花香里说丰年

唐宋之交，北方的烽火与狼烟连天不休，不堪其苦的中原人民为了逃难，南迁进入潮汕地区，韩江流域人口出现大规模增长，在中下游冲积平原围垦发展农田水利就成为当务之急。眼见潮汕平原上的河湖如网密布，宋元祐年间，潮州知军州事王涤“浚芹菜沟以疏水患，筑梅溪堤以障良田”[①]。正所谓，水利兴则农业强，堤围的兴筑一直为韩江沿线农耕文明的发展保驾护航，农业生产安全得到了强有力的保障。

宋代以来，水稻乃韩江沿线的主要粮食作物。北宋时，潮州便长出了一片片的稻菽，成为“稻得再熟，蚕也五收”的福地。稻花香里说丰年，与其说那些黄澄澄的稻穗是谷物，不如说是真金白银。追随对外贸易的脚步，占城稻于宋真宗年间漂洋过海传入我国，而韩江沿线是较早引入的地区之一。由于生长期短、早熟、耐旱涝性极强等优点，占城稻颇受欢迎，种植区域很快遍及各地。同时，韩江沿线耕牛、水车、铁具的使用，使当地的农业生产如虎添翼，效率与产量双双实现了肉眼可见的提高。都说民以食为天，仓廪足，潮汕人民就有了生活的底气。

明代到清代前期，实行海禁政策，海上民间贸易受到了极为严苛的限制，韩江沿线工商业在夹缝中艰难生存。然而，失之东隅，收之桑榆，另一边，传统农业因获得了足够的劳动力，生产水平节节拔高。借此机会，精耕细作的农业生产方式慢慢取代了粗放耕作，双季稻、部分三季稻种植面积持续扩大。农业剩余产品的增加又反哺了商业，使商业再次兴盛起来。

潮汕地区的经济作物种植业也在这一时期取得了漂亮的成绩单。宋代时潮汕地区的水果业已初具规模，如果在明清时期游访潮汕，当地到处都能见到枝头累累、果香四溢的大丰收景观，显然，水果种植业得到

① 孙淑彦：《吴复古与潮州太守王涤》，http://cstc.lib.stu.edu.cn/chaoshanzixun/chaoshanrenwu/11288.html，访问日期：2020年11月8日。

了长足发展，潮汕甚至成为省内仅次于珠三角地区的水果基地。明嘉靖时的《潮州府志》记载，当时潮州种植的水果有29类，其中柑有7种，橘有2种。潮州柑在当时已打响地方特产之名，誉满全国、蜚声海外。郭子章的《潮中杂记》记载："潮之果以柑为第一品，味甘而臭香，肉肥而少核，皮厚而味美，此足甲天下。"到清末，在潮汕地区，包括菠萝、芒果、龙眼、荔枝、橄榄、甘蔗等各种亚热带经济作物种类已相当齐全，每到丰收时节，但见累累果实低垂。甜荔似瑙枝头荡，黄芒如灯树上悬……随着许多低丘陵和高台地被开垦为果园，树影团团形如帷盖，绿水青山也流光溢彩。

近现代以来，"以粮为纲"之风吹过潮汕平原，沿海滩涂不断围垦、农田水利也一建再建。试问瓜果飘香何处是粤东农林牧渔业高产地?

二、商贸经济：潮汕人和客家人的发家史

千百年来，婀娜多姿的韩江水就这样自由地流淌，守望着潮汕儿女的迁离与回归，这是一条有蓬勃生命力的河流。同时，天然的河道作为最经济的商贸通道，维系着商业贸易的生机与繁华，水与城相互成就，实现了共存发展。回望潮汕人民几千年繁衍生息的历史，韩江商贸经济起于唐，兴于宋，盛于明清，清末民国时期更是达到高潮，常年有舟船往来、商贾云集的盛况。同饮韩江水，有"东方犹太人"之称的潮汕客家商帮在江滨不断发展壮大，泽被万世的韩水柔情地浸染着两岸的绮丽繁华。

（1）一条河流记载了商业的繁华

接通粤东、福建与江西，韩江古水道是潮汕前往中原地区的主要通道。沿韩江支流梅江上溯，泛船长驱，经陆路古驿道就能进入东江流域，从而与珠江水系连通起来。漫漫岁月雕琢了韩江水畔的城市框架，但今天，我们仍能追踪昔日的商贸之旅：下游韩江三角洲处于中国古代南方地区两大重要海外贸易港口（广州和泉州）的中点，与台湾岛、琉

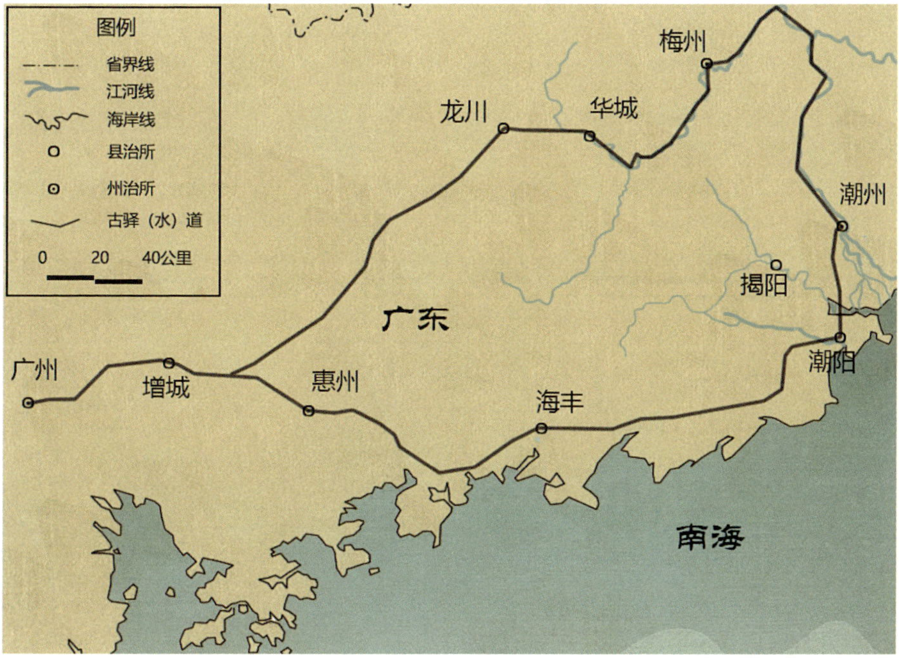

古代潮州地区与广州陆路交通线路图（来源：牛丞禹参考文献改绘[①]）

球群岛隔海相望，成就了樯挤帆拥、百货辐辏的内外贸易。大船小船满载着商品恃水流通，当地的产业布局亦为之所塑造，至此，整个韩江流域内部产业互动的经济关系呼之欲出。

一条河流记载了过往朝代的繁华。唐代，随着韩江沿线社会经济的发展，商贸经济萌芽并快速红火起来。到了中唐时期，商贸经济繁荣，海上航运更是蒸蒸日上，韩愈的《送郑尚书序》中曾如此描述航运的繁忙景象："帆风一日踔数千里，漫澜不见踪迹……东南际天地以万数，或时候风潮朝贡，蛮胡贾人舶交海中。"

悠悠千载，往昔千帆海舶现已蜕变为如山巨轮，但这并不妨碍我们去想象当年楼船万国的画面。要知道，在中国海洋文明的历史延续和实证中，潮州都是一个重要的缩影和代表，它为古代海上丝绸之路经脉的

① 郑向东：《古代韩江流域经济地理研究(秦～元)》，硕士学位论文，暨南大学历史学系，2011。

打通发挥了举足轻重的作用。忆及历史，海外贸易千帆云集的盛景仿佛又浮现在我们的眼前，那时候，樟林、南澳、柘林等著名港口分布在韩江流域，商舶往来、物货丰衍的盛景孕育了高陂、三河、松口等商贸名镇，在沿岸城市与海上丝绸之路之间缔结了密切的关系。

（2）激活瓷器外贸的一池春水

唐代时期，依托于蕴藏丰富的瓷土矿资源，瓷窑群在潮州城西北的北关窑上埔以及城南洪厝埔、竹园墩等多点开花，出产的瓷器内销的同时，也随着海上丝绸之路的延伸越洋过海、远销东南亚各地，航运业随之迎来了爆发式发展。行至宋代，陶瓷生产成为潮州经济的金字招牌，并先后兴建了多个颇具规模的生产基地。受惠于宋朝政府对海外贸易的支持，瓷器贸易的一池春水被激活，其持续时间之长，商品成交量之大，助力海上丝绸之路绵延千年。文献曾记录番船贸易的盛况，如南宋诗人杨万里《过金沙洋望小海》一诗所描述的“须臾满眼贾胡船，万顷一碧波黏天”的景观。20世纪，在印度尼西亚、马来西亚、巴基斯坦、日本等国家发现了不少宋代潮州古瓷器，它们可谓探寻和解码潮汕制瓷历史的“活化石”。

“南澳1号”古沉船的被打捞，将一段尘封海底的经商史展现给世人，进一步证明了南澳海域在明代已是中外舶商进行贸易无法绕开的一个地理坐标。当时，海上航线四通八达，运载陶瓷、丝绸、日用品和装载国外香料、珠宝的中外商船，在这个海域频繁地穿梭。明代到清代前期，受制于朝廷的海禁政策，潮州海商只能从事一些近海转运贸易。至此，宋代兴盛的陶瓷生产因失去运输上的支持，原有的光彩渐渐黯淡。

清代海禁的紧箍咒卸下之后，海上活动再次成为拉动商贸繁荣的“火车头”，并于嘉庆年间至清代中后期重现兴旺鼎盛之势。密集的窑群又在大埔高陂、西厢枫溪等地建起，庵埠、南港、樟林等港口也相继经历了繁荣时期，记录着货物跨地域流通的独特历史断面。

文明因多样而交流，因交流而互惠互鉴，因互鉴而共荣发展，韩江流域商贸经济沟通了不同语境下的多种文化，不仅疏通了一条中西贸易通道，还引导着友谊之路、沟通之桥、大爱之旅，正所谓“各美其美，美美与共”。韩江自北向南流，北部是山区，亦是客家文化的营寨，流至南部则到达潮汕平原，也就是潮汕文化区，南北之间在生产生活方式、民情风俗等方面存在异同，以此为基础，两大民系的文化产生了奇妙的对抗、碰撞和交融。鉴于山区、平原、三角洲之间物产的互补性，潮、客人民之间建立起频繁而密切的联系。借助韩江流泻的方向惯性，上游山区客家商人将木、茶、油等山林产品运至下游分销转运，下游潮商则把鱼、盐、米等食品通过韩江发往上游销售。在二者的交往中，各自的文化传统与地域特性得到极大彰显与放大，也许过程中曾存在不理解，但随着交往日深，融汇渐久，便自然而然地相互认可、接受乃至欣赏与吸纳。于是，本来的他者之物，渐渐地内化成为自我的一个部分。总之，商贸的繁荣带动了区域货物、人口的流动，历史的岁月让韩江承载了长河落日，也给后世留下了友谊的佳话，广东人民用坚韧与友爱协奏了一曲文明的交响乐，客家文化和潮汕文化也共同支撑起海外华人社交圈的主线文化带。

三、因港而兴的海洋商业之路

（1）汕头港的崛起与腾飞

1858年，懦弱无能的清政府就俄、美、英、法列强主导的《天津条约》执行了条约批准书的互换手续。垂涎于潮州优越的商贸经济基础，列强强迫清政府增开潮州为通商口岸，只是由于潮州人民的激烈反抗而作罢，转而寻求汕头的开放。恩格斯曾说，“汕头这个唯一有一点商业意义的口岸”①。1860年1月1日，美国取得“先行开市”的权利，汕头被正式开放，成为进出太平洋、面向世界的海上门户，此后逐渐转变为海港贸易城市。可以说，汕头是向海而生、因港而兴，其货流量之大，

① 马克思、恩格斯：《马克思恩格斯全集》第12卷，人民出版社，1962，第663页。

为区域的进出口贸易、人口流动、邮政、金融活动（如侨批业）等各项事业相继蔚起注入了强劲的动力。在短短的时间内，汕头的商贸经济领粤东一时之盛，并最终超越潮州府城，以自身为圆心，以地域认同为半径，画出了一个潮汕文化教育圈。

至20世纪初，汕头民族工商业发展达到第一个高峰，为这座古老的海滨城市续写着新的传奇。“四永升平”(小公园一带）成为新的商业中心，有些大商行还在各地设有分号或联号，形成了北至天津、大连、上海、芜湖等地，南达香港地区与东南亚各国的通商网络。

钩沉其商业腾飞的历史，我们窥见的，不仅是近代汕头的灿烂与荣光，还有一群勤劳、勇敢潮汕人的拼搏奋进，这种“爱拼才会赢”的精神也辈辈传承，如同碧水长流的韩江，渗入到一代代人的血液中。

（2）商业中心与“红色动脉”：打通社会经济发展之路

伴随着20世纪30年代汕头改市，区域经济发展的新活力被激活，进出口、航运、金融、绸布、酒楼、旅馆等多个行业百花齐放，展现出汕头繁荣向上的新画卷。潮商创立轮船公司，向外出口米、茶、糖、陶瓷等产品，同时购入棉布、毛料、煤油、洋参、药材等洋货，潮商高频度地往返于海内外，潮汕、香港及东南亚的航运因此常有万头攒动的景象，商业贸易欣欣向荣。

与此同时，汕头大展拳脚，全面推进市政设施建设，小公园等新商业中心陆续形成，城市经济进入了一个空前的兴盛期。1933年，汕头市区总人口超过19万，大小商号共3000余家，商业之盛在全国居第7位[①]，汕头港国内外贸易诸多指标均创历史新高，总吞吐量达到全国第三。至此，粤东政治、经济、文化中心顺利从潮州转移到了汕头，汕头再也不是昔日落后、闭塞的地方。

① 许艳民：《汕头百年发展历程及城市定位分析》，http://cstc.lib.stu.edu.cn/chaoshanzixun/lishiwenhua/8731.html，访问日期：2020年11月30日。

第四节 韩江沿线城乡发展变迁

一、聚落的形成："诗意栖居"之可能

（1）从荒野走向聚落

把目光再往前推进五千年，韩江三角洲区域还是一片荒芜海湾，便已出现了多处古人类遗址。初始之时，先民们多选择低丘台地作为营地，潮安金石石尾山贝丘、潮安陈桥村、南澳象山等地区，曾出土大量石器、贝壳、动物骨骼，为我们解析出韩江岸人类社群的发展进程。结束"穴居而野处"的时代，当地人朝"诗意栖居"又进一步挺进，在韩江沿线的一些河谷、小盆地等营地较为集中分布的地方，颇具规模的聚居区逐渐形成。

直至越国南迁后，韩江一带的耕作技术实现了迭代升级，土地产出能力有了明显的增长，较大型的固定聚落也在这一时期被载入史册，潮汕地区的文明被赋予了无限可能。

秦始皇三十三年（公元前214年），秦平定岭南，始于揭阳岭置戍所。时光长河淌过两百年，到了东晋时期，析东官郡东部（古揭阳县境内）置义安郡，郡治驻海阳县，郡境为今广东省汕头市、潮州市、揭阳市、梅州市、汕尾市大部，这是韩江流域设州郡一级建置的前奏。总之，从荒野到聚落，从戍所到郡县，韩江流域的历史绵延几千年而不绝，居住条件与行政建制记录着潮汕平原遥远而又清晰的发展轨迹，而不论历史如何嬗变、岁月如何变迁，韩江始终连接着两岸的文明与精神，随时代的车轮一起滚滚向前。

（2）粤东中心的变迁：一座城市引领一段风云

揭阳是古代粤东的第一代行政中心。汉武帝元鼎六年（公元前111年），揭阳令史定"挈地归汉"，置揭阳县，属南海郡，这成为粤东地

区最早明确见载于史册的行政区划名称[①]。当时韩江流域中下游地区还没得到开发，古揭阳得以稳居粤东地区的“靶心”位置。

413年，原古揭阳县所拆分四所县治皆归于新设置的义安郡下，另外又增设一县义招县（今大埔县湖寮镇古城村），义安郡治所在海阳县。至此，现代潮汕地区分布格局的雏形呈现在世人面前。

继揭阳之后，潮州坐上了粤东“老大”的交椅。三国以来，由于战乱不断，大量中原人口逃离故土，在被称作南荒蛮夷之地的韩江沿线重新定居，至宋代，随着中国经济文化中心南移，粤东地区由此得到开发。潮州更是居韩江水利之便，迅速取揭阳而代之，成为粤东地区新兴的商贸集散中心。

汕头设立外贸口岸后，一跃成为近代粤东区域新星。开埠以后，往来船只逐渐增多，货物集散和人口进出的规模不断扩大，为这个沿海城市的日常运作提供了源源不断的动力。抓住现代化的契机，汕头凭恃韩

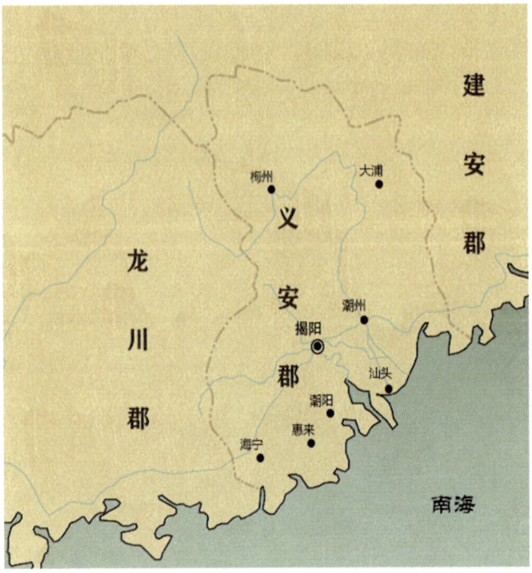

隋朝义安郡管辖范围示意图（来源：牛丞禹根据《粤东城镇群协调发展规划》内容改绘）

清代潮州府管辖范围示意图（来源：牛丞禹根据《粤东城镇群协调发展规划》内容改绘）

① 揭阳市档案馆：《历史沿革和文化》，http://www.jieyang.gov.cn/zjjy/jygm/lsyghwh/content/post_114319.html，访问日期：2020年12月3日。

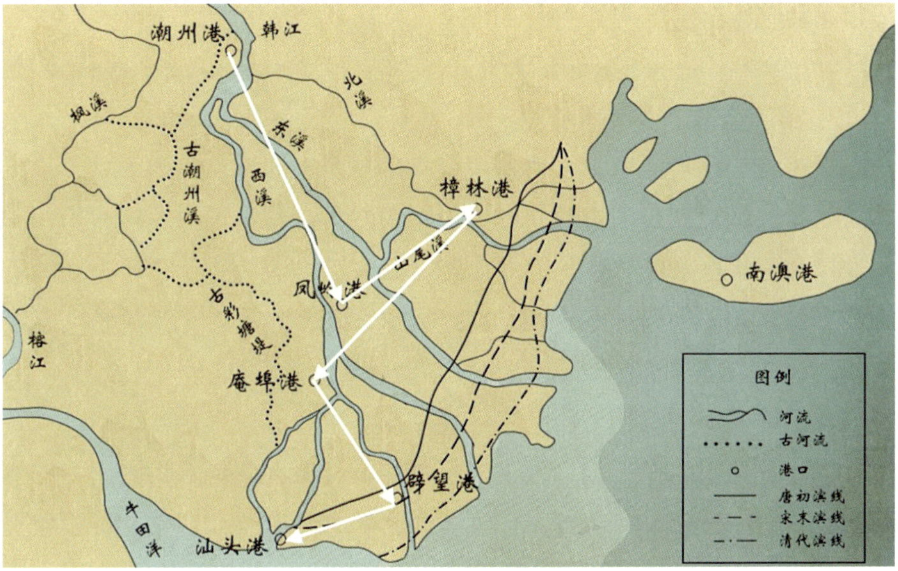

粤东地区中心商贸港经变迁图（来源：牛丞禹自绘）

江流域最大口岸的地位，走在近代对外贸易发展的前沿，又有南洋外汇进入、潮汕商人文化等众多因素的加持，粤东大舞台的聚光灯终于打在了汕头身上。

可见，一座城市引领一段风云，映照着沧海桑田的变迁。潮汕是一个开放、发展着的地域，事实上，政治经济的每一次风吹草动，都可能给地域布局带来崭新变化。

二、潮州与汕头的历史沧桑

在西方有诺亚方舟，在华夏有大禹治水，这都是关于人与洪水斗智斗勇的神话传说。事实上，中国历朝历代都有关于治水的记载，它们凝结着人类适应自然、改造自然的智慧与力量。一条江水悠悠，两岸青山环绕。韩江沿岸的百姓长期以来与水博弈，积累了丰富的治水经验，也懂得进一步开发与利用水源，从而建成了多个埠地、码头、港口、铺驿等。依托埠地码头的优越地理位置，流域内人口不断聚集壮大，一系列墟市集镇应运而生。

（1）穿越时光的潮州记忆

潮州悠久灿烂的历史文化不仅仅局限于西湖渔筏、北阁佛灯、鳄渡秋风等这些举世瞩目的自然遗存，也体现在极具日常性的城区布局、街头巷尾之中。自东晋义熙九年（413年）分东官立义安郡，郡治设在县境中心，即现在的潮州古城，距今已过去了1600多年。在光阴流转、万象更新之中，潮州古城的发展深深地浸渍着韩江水的气息。

在《周礼·考工记》所载王城规划制度中，有这样的一段话：“匠人营国，方九里，旁三门，国中九经九纬，经涂九轨，左祖右庙，前朝后市，市朝一夫。”[①]结合潮州古城的建设布局可以看出，古代的建城规制对其长期的发展与规划的影响不可不谓深远持久。

唐宋时期，城西因三利溪之便利，常有行商坐贾摩肩接踵的繁荣景观，不负其商业中心的美名；同时期的城东却囿于韩江江水汹涌、交通不便等自然条件的限制，与前者之繁华不可同日而语。纵观潮州历史，当地大规模的筑城活动始于宋代，绍兴十四年（1144年），濠流旧址（即在原有旧城基础上）开始大兴土木；到绍定、端平年间知军州事王元应等继续进行地面建设，有十一座城门。

潮州在明代日臻完善。洪武三年（1370年），明将俞长辅把原有的土筑城墙西南段改为石筑，并将城门十一座削减为七座。明清时期，三利溪常堵塞，而此时的航运水利技术相比之前更加完备，韩江流域经济逐步繁荣昌盛，城东顺势成为潮州的商业中心，每逢节日庆典，往往“歌酒长春不夜，金翠照罗绮，笑语盈盈”。

人们常说，“到广不到潮，枉费走一遭；到潮不到桥，白白走一场”。古城东门，有一座跨韩江、联结两岸的千年古桥——广济桥，它由18艘梭船连接而成，是潮州人心中的文化地标。这座桥建于宋朝，经

---

① 张健、马青：《中国古代城市规划的文化特点》，《规划师》2006年第22卷第4期。

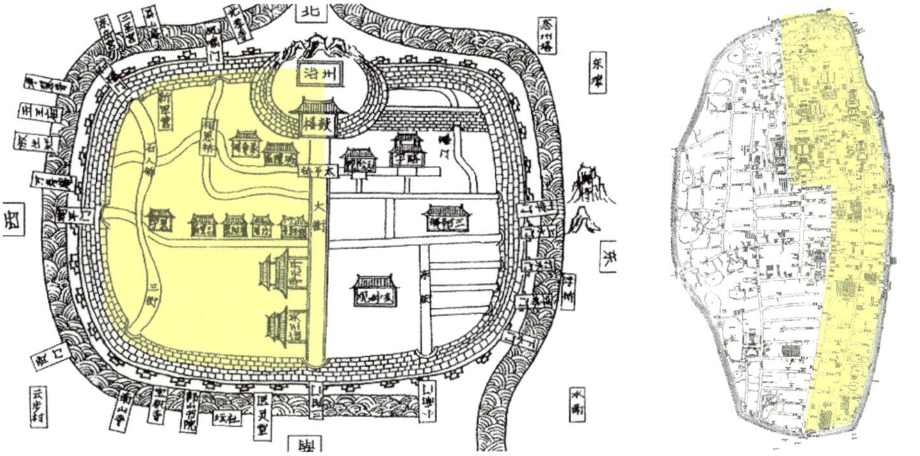

宋代潮州城（左图）和清代潮州城（右图）商业中心（黄色部分）变化图（来源：广东省韩江流域管理局）

明朝的一番修缮之后，成为世界桥梁史中的上佳之作。伴随韩江商贸经济的蓬勃发展，广济桥形成了“一里长桥一里市”的繁华商业格局，每一开市，商贩云集、百货登市，加上游人漫步于此，人影杂沓，好不热闹。千年古城，倩影依旧，然而，古城厚重的历史并没有阻挡潮州前进的脚步，优化人居环境、彰显城市活力，是世世代代潮州人不懈追求的梦想。传承千年的潮州文化，正浸润着这座城市的文化脉络和内在肌理，让城市的积淀更加深厚，也让它重新焕发出耀眼光芒。

（2）汕头的柳暗花明

自开埠以后，海、城、港相连，无论是韩江水运商贸的蓄势而上，还是港口码头的建设完工，时代的烙印深刻地体现在汕头老城区的城市空间结构和功能之中。有别于“以官府机构为中心、城墙为防卫”的传统中国城池布局，汕头老城区各类建设主要以商业效益为主，孕育了开放灵活的独特风格。

清末民初，活跃的商业活动为汕头城市的发展注入了新动能，西堤一带“码头动力”则带动了小公园一带旧城的扩张。通商口岸一经开启，沿岸民众随即窥见了商机，纷纷蜂拥而至，只见层层楼房拔地而起，商户数量也日渐增多，商贸集散地的作用不断推动着城区建设。

1900年前后，以小公园为中心展开的城市道路通达至码头岸线，自然形成放射性骑楼街，两边是20世纪建造的风雨骑楼，更有教堂、洋楼、百年老字号、宗祠、寺庙穿插其间，成为汕头百年商埠的标志之一。如今，漫步于当年最繁华的商贸之地，于斑驳的老房子中，仍依稀可辨往日之精致，甚至酒楼茶肆、商铺名号仍可辨认。其建筑的典型特点是：商住合一，底层店铺，上层住人。缔造这座城市之辉煌的，是一群坚毅、勇敢的汕头人，他们辛勤耕耘，善于变通与创新，历尽艰辛，一同见证了汕头在岁月沧桑之中的涅槃。

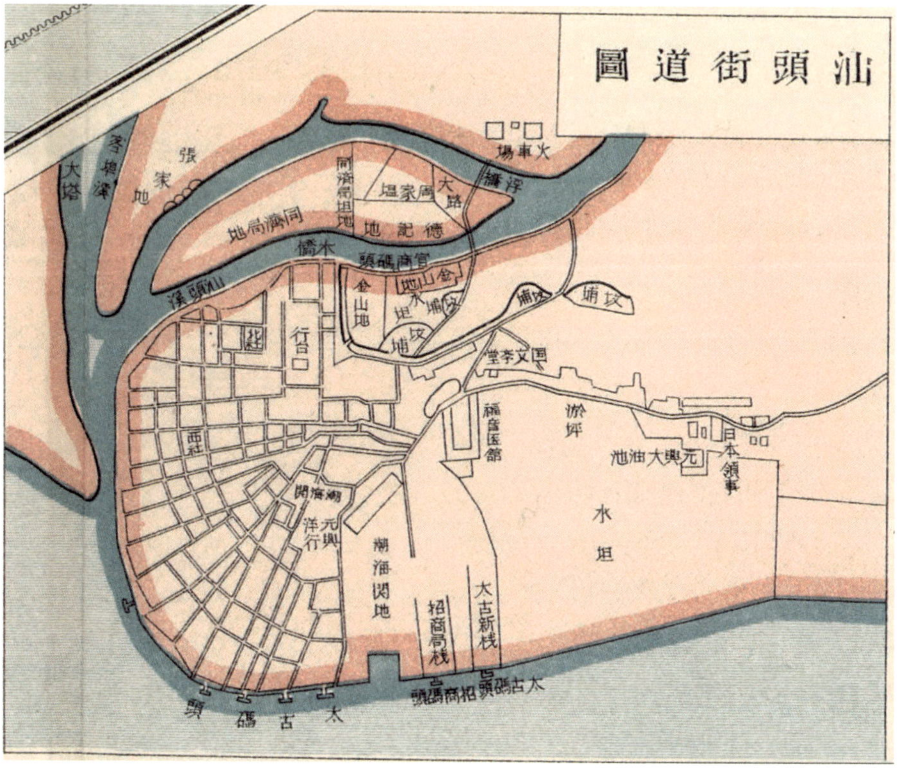

1917年汕头街道（来源：广东省韩江流域管理局）

第二章 启程

从韩江走向上海滩

第一节 新旧思想的碰撞

潮汕文化，源远流长。虽自古属滨海地区，但潮汕三面环山，在进入近代之前，当地的世风人情都以中国封建的儒家思想为主，突出体现为纲常伦理、尊卑有序、尊师重教、崇文尚礼等。这种文化特质不单纯是活态的存在，还形成了大量的典籍，并且有系统、有传承、有受众，已经完全融入潮语区的族群的生产生活中，本质上仍属于内陆型的传统农业文化[①]。

两晋六朝时期，大量北方住民纷纷逃离故土，追随北民南下的足迹，正统的中原儒家文化也历经了一番翻山越岭，落地东南沿海的韩江流域，扎根于此[②]。随后，潮汕地区行政建制由县提升为郡，变身义安郡，辖五县。及至隋朝，义安郡改称“潮州”，自此之后，这个名字始终相伴，无论设为州，还是设为路、府，“潮州”之名成为其驰骋历史长河过程中最显眼的标识。

自宋朝起，伴随着政治经济重心以朝东向南的轨迹迁移，福建的经济文化发展水平显著提高，闽南也经历了一波人口增长。大量闽南人尤其是泉州人、兴化人收拾细软，一路向南，在潮州找到了第二个家。据史料记载，宋元明三朝，皆有移民高潮在此形成。一边是北方和福建移民规模的不断扩大；另一边是潮州逐渐成长蜕变为“岭南名郡”，其间，乘着科举制度和私塾教育的东风，士大夫文化逐渐占据潮汕社会文化的制高点。宋代的潮州民间，崇文向学、尊师重道风靡一时，并逐渐内化为传统，在浓墨书香之中，学校网络延伸至于乡镇，并走向制度化。都说书中自有千钟粟，学而优则仕的大门向无数普通家庭

① 赵春晨、陈历明编《潮汕百年履痕——近代潮汕文化与社会变迁图录》，花城出版社，2001。

② 黄挺：《潮汕史简编》，暨南大学出版社，2017。

子弟敞开，因此，常有“昔日农家子，今朝状元郎”之佳话流传。在地方社会不断成长壮大之际，中原正统文化礼教也由内而外地渗透到了潮州社会的每一寸肌理之中。

19世纪20年代韩文公祠正殿（来源：广东省韩江流域管理局）

唐贞元十年（794年），韩愈又一次在科考中名落孙山，在他对着长安的落日长叹之时，势必没有料到，多年之后他会与遥远的潮州建立起一段延续数千年的文化情缘，而这之于潮汕传统文化有着不可磨灭的重大影响。“一封朝奏九重天，夕贬潮州路八千”，元和十四年（819年），带着英雄失路之悲，韩愈来到了潮州。不过，到任之后，韩愈在行动上并不消极懈怠，他开始在潮州当地推行儒家的学说和天子的教化，这是潮州逐渐融入中国文化学术史的一个重要开端。在昌黎先生致力于文化推行与建业之时，潮人尊韩风气渐长，由此还诞育了“潮州八贤”，即赵德、许申、张夔、刘允、林巽、王大宝、卢侗、吴复古八位贤才，潮州知州在西湖山顶为他们建了八贤祠，以振风俗、兴教化。后世潮人感盛德，遂把江山改姓韩，特建韩文公祠和韩山书院以纪之。苏东坡在《潮州韩文公庙碑》中就赞韩愈是向社会中下层普及儒家文化、转变潮州社会风气的百世之师[①]。

直至清末，传统儒家文化在潮汕社会文化中的独尊地位屹立不倒，并被奉为官学[②]，府学、县学和各地所办书院，所教授的内容仍是传统的四书、五经、诗赋、策论等。从文化传播的角度来看，儒学等传统文

① 黄挺：《潮汕史简编》，暨南大学出版社，2017。

② 赵春晨、陈历明编《潮汕百年履痕——近代潮汕文化与社会变迁图录》，花城出版社，2001。

清代大力修葺的揭阳学宫（来源：赵春晨、陈历明编《潮汕百年履痕——近代潮汕文化与社会变迁图录》，花城出版社，2001）

化从北方传入潮汕地区呈现出单向的路径，长期封闭与海禁扼杀了其他文化生发的可能，由此，以传统儒家学说为主体的潮汕文化体系最终定型，儒家文化至今在潮汕地区根深蒂固，是后世潮人思想意识的底色。

一、新思想洗礼下的文化新途

站立于南粤大地举目东望，在陆与海的交接处，莲花山脉以南，南海以北的大片地方，便是潮汕。俗话说："海内一个潮汕，海外一个潮汕。"海洋为潮汕打开了一扇开眼看世界的大门，坐拥便利的对外交通条件，潮人很早就驾驶着帆船，在风浪之中开辟出人生新途。移民的脚印遍布世界各地，为本土沉稳厚重的农耕文明注入一股向海而生的坚忍与勇气，在文化碰撞之中，潮汕文化兼收并蓄，成为岭南文化乃至中华文化中极具辨识度的地方样本。当然，这一影响直至鸦片战争以后才形成较大的文化冲击和补充，尤其是在潮汕开埠之后，伴随西方资本主义势力的渗入和社会经济的嬗变，潮汕文化经历了一番变化。

首先，清末民族危机来势汹汹，维新、改革、变法、妥协在近代舞台轮番上演，整个世道就像一锅热油，稍微有颗火星，瞬间就燃爆起来。就是在这样的历史背景下，传统儒学收敛起“老顽固”的面孔，逐步调适以应变，在部分较为开明的知识分子的倡导下，“经世致用”的主张演化为引进西学、“中体西用”[①]。其中，著名的洋务派官员丁日昌（丰顺人，晚年居于揭阳）便是这一时期先进人士的杰出代表。他功勋卓著，从主持创设江南制造总局到发展新式航运业，从训练新式海军到开展台湾防务和建设，清末军事史与实业史皆无法绕开他的姓名。他还参与谋划了近代中国最早的派遣留学生出国计划，对华夏大地影响深远。纵观这位洋务派人物的一生，其命运几乎与变法自强的大背景严丝合缝地嵌合在一起，他心心念念的就是如何强兵御侮，并为此做出了不懈的努力。

丁日昌（来源：赵春晨、陈历明编《潮汕百年履痕——近代潮汕文化与社会变迁图录》，花城出版社，2001）

丁日昌情系桑梓，始终关心着家乡的文化建设，不仅以身作则宣扬维新思想，还有大量相关论著传于后世，以一己之力，在近代潮汕文化转型史中写下浓墨重彩的一笔。经他的影响推动，清末洋务和维新思潮在潮汕大地盛极一时，与传统文化形成了微妙的抗衡，也铺平了新思想在粤东的传播与影响之路。因此，在丁日昌百年之后，墓前的牌坊被刻上了四个大字——“潮郡之光”。

在此之后，汕头成为近代中国最早对外开放的城市之一，新思想也

① 赵春晨、陈历明编《潮汕百年履痕——近代潮汕文化与社会变迁图录》，花城出版社，2001。

借此机会进入粤东人民的视野之中，涵育着、濡染着一代人的心灵。1860年，潮州被辟为通商口岸，在汕头开埠互市，随后潮海关税务司，以及英、美、德、日等国领事馆相继在汕头设立。1921年，汕头在行政建制上脱离澄海县，设立市政厅，始称“汕头市”。汕头开埠，承载着一段屈辱的记忆，也开启了一段辉煌的历史。随着对外贸易日渐频繁，一时间呈现“楼船万国”“云集鳞聚”的景象，现代工业、交通通信业等也在这片膏腴之地逐渐发展起来。当地经济水平节节攀升，汕头也逐渐成为韩江流域的文化和教育中心，其时，许多文人、商人在此兴办学堂、编辑报刊、撰写书籍[①]，西方文化在潮汕地区的传播愈见深入。

丁日昌在揭阳建立的赐书楼（来源：赵春晨、陈历明编《潮汕百年履痕——近代潮汕文化与社会变迁图录》，花城出版社，2001）

西方文化循着两个途径输入潮汕地区。其一是开埠带来的开放，以传教士为代表的西方人士携带丰富多样的文化载体踏上这片土地，行之所至，将西式文明的种子广泛撒播，譬如外国教会团体在潮汕地区开办学校、医院、印书馆，编印发行书刊等，开展了大量的宗教文化活动，西方文化的影响因子潜滋暗长着，对潮汕传统文化构成相当强烈的冲击。

其二是大批出洋华侨在海外接受所在国文化濡染后，通过与故乡人员的往来间接进行文化传播。值得一提的是，其中也有部分华侨怀揣着赤诚的故土情结，自远方踏浪归来，将一腔热血倾注于家乡的文化教育事业建设之中，这方面的影响与长驱直入的西方文化的影响相比，可以

① 陈春声：《海外移民与地方社会的转型——论清末潮州社会向“侨乡”的转变》，载徐杰舜、许宪隆主编《人类学与乡土中国——人类学高级论坛2005卷》，黑龙江人民出版社，2006，第349—363页。

说是有过之而无不及。同时，在商贸船只的频繁往来之间，商人群体在不知不觉中也成为区别于本土士绅阶级的新兴文化势力，为当地导入了各类新式教育与西式观念。山水为证，这些社会环境、经济质素的变化，让我们看到新思想谱成的旋律层层深入韩江两岸地区的肺腑，铸就了当地焕然一新的文化精魂。

19世纪20年代早期的汕头港（来源：《汕头旧影》，广东省韩江流域管理局）

文化是一个生命体，生命体是开放的系统。有赖于新式文化的传播与教育设施的建立，民主思想、科学观念和无产阶级革命意识形态悄然融入潮汕的文化场域之中，封建思想渐渐失却了其主导“光晕”，也不再是钳制发展的沉重包袱。至此，潮汕文化绽放出更加开放与多元的光彩，既能在时代更迭之中坚守本质，亦能吐故纳新、吸纳外部的养料维系生存，文化之树得以常青，原因之一便在于这种伸缩特性。其突出表现为19世纪末开始，新式教育文化符号在韩江沿岸如雨后春笋般浮出地表：如在教育上，著名爱国志士丘逢甲于1899年创办的岭东同文学堂，引领了粤东本土自办新式学堂风气之先；至于出版业方面，新式出版业方兴未艾，私营书店大量进入大众的视野，1934年在汕头市区就有多家书店；此外，汕头第一家报

第一卷第二期　先聲晚報　民國廿五年十月二十一日出版

海岸線

汕頭先聲晚報副刊

第二號

定價

魯迅先生死了

時·事·講·話

1936年《先声晚报》的副刊《海岸线》（来源：赵春晨、陈历明编《潮汕百年履痕——近代潮汕文化与社会变迁图录》，花城出版社，2001）

纸——《岭东日报》于1902年发出创刊号刊首语，其后各类新兴报刊相继承担起文化传承的重任，丰富了人们的精神文化生活。新式文化教育设施遍地开花，成为传播新文化、新思想的中流砥柱。

二、新旧思想的博弈与交融

在明末到民国的过程中，潮汕从遥远的传统农耕社会跋涉而来，也已窥见了地平线上那闪烁着的近代化曙光[①]。至19世纪30年代，汕头社会经济发展水平到达鼎盛之势，驱策着社会发展与文化发展这两辆马车奋蹄向前。人文思潮一经萌芽，便如水中波纹般不断扩大其辐射半径，文化载体日益繁荣的同时，观念更是日益更新。汕头开埠后，潮汕社会的商业化进程可谓一日千里，新的生产方式、生活方式以及新的价值理念为当地潮人所接受，一定程度上破除了传统观念中的社会阶层观。此时的中国正在内外交迫的处境中风雨飘摇，旅居在外的潮汕华侨时刻惦念着祖国，安邦之心促使他们以更加自觉主动的姿态，去认可和接受外来与异质思想的洗礼。

近代潮汕文化嬗变中，最具进步意义的地方在于破除了传统的社会阶层观，化狭隘的家族意识为广博的社会担当，而新构出了一种乡土祖国的情结[②]。在20世纪初，一位任职于潮海关的英国人曾认为："旧的秩序让位于新的秩序……现在毫无疑问正在突然兴起一种对西方教育特别是现代科学方面的需求。"[③]在古潮汕文化中的精华与瑰宝得以薪火相传的前提下[④]，随着传统封建主义儒学思想失去其意识形态的主导地位，

① 陈友义、张妍瑾：《近代潮汕文化的嬗变及其历史启示》，《汕头大学学报》2005年第4期。

② 郭剑鸣：《潮汕社会近代化成功的文化启示》，《汕头大学学报》2002年第6期。

③ 中国海关学会汕头海关小组、汕头市地方志编纂委员会办公室编《潮海关史料汇编》，1988。

④ 赵春晨、陈历明编《潮汕百年履痕——近代潮汕文化与社会变迁图录》，花城出版社，2001。

潮汕文化的“海洋味”越来越浓，开始走向多元而兼容的文化近代化之路。世殊时异，自由、平等的民主思想以及马克思主义等文化内涵在粤东得以传承、融汇，也承受挑战、考验、变通和升华，使潮汕文化更具明显的发展优势。

第二节　马克思主义的传播

一、黎明前夜，山雨欲来

第一次世界大战爆发后，国际形势风起云涌，共产国际正是在这样的背景下应运而生。1917年，俄国“十月革命”大获成功，欧美被卷入革命风暴的漩涡，而民族解放运动正在亚洲如火如荼地开展着，迫切需要一个国际无产阶级政党组织，对各国革命斗争进行协调和指导。在革命领袖列宁的号召下，世界各地的工人政党代表聚首莫斯科，出席了共产国际第一次代表大会，会议通过了列宁起草的《共产国际宣言》《共产国际行动纲领》和《关于资产阶级民主和无产阶级专政的提纲与报告》，共产国际由此诞生。共产国际肩负着推翻帝国主义和资本主义统治、建立无产阶级专政、消灭剥削制度的光荣重任，这个组织的全体成员匆忙奔走于宣传马克思主义、团结各国工人阶级和广大劳动群众的革命一线。

“十月革命一声炮响，给中国送来了马列主义。”很显然，没有马克思主义就没有十月革命的胜利，也就没有俄国社会主义革命的成功，因此，唯物辩证法与科学社会主义理论对于迫切希望改变旧中国现状的先进分子产生了强大的吸引力，后者汲汲于从中找到救国救民的良方。当是时，辛亥革命的成果落入北洋军阀的魔爪，日本趁火打劫地提出“二十一条”，西方列强狼窥虎视，大有卷土重来之势，国人生活在水深火热之中，喊出“坚决抵制洋货”的口号。外交方面，袁世凯政府罔顾群众呼声，接受日本提出的“二十一条”，国人对北洋政府屈辱外交的不满一触即发。马克思主义所描绘的人人平等、消灭贫富的远大理想大大地鼓舞了中国人，也为新民主主义革命带来了一些新的启示，在新旧思想的剧烈碰撞之中，一场移天易日的变革正在酝酿。

二、“马列青年”的信念与力量

在中国近现代史上，南海之滨的广东是我国马克思主义传播的前沿地带。1902年，《新民丛报》刊登了广东新会籍思想家梁启超的文章《进化论革命者颉德之学说》，文中提到了麦喀士（即马克思），并给予其“社会主义之泰斗”的高评价。三年之后，又一思想家朱执信写的《德意志社会革命家小传》借《民报》这一平台在社会流传开来，朱执信不仅梳理了马克思、恩格斯二人的生平，还提炼了《共产党宣言》的要点，认为它不同于那些“空言无所裨”的空想社会主义言论。

俄国十月革命前后，大批在外留学的青年，如杨匏安、彭湃、李春涛等受到社会主义思想的濡染，借助撰写书信、文章，或回国度假的机会，将马克思主义思想带回了广东。其中，杨匏安于1916年从日本学成归来，此后他以广州为中心，积极学习和宣传马克思主义。他以世界学说为总题，分别介绍了马克思主义、社会主义、共产主义及其他社会学说，强有力地推动马克思主义在华夏大地扎根，他亦成为华南地区传播马克思主义第一人。至此，马克思主义在粤东大地传播开来，激活了中华民族传统里原本就有的追求和向往大同社会之基因，引起了广泛的思想共鸣。

1919年5月4日，五四运动爆发，迅速影响全国各地。这一爱国运动也成为粤东人民思想解放与马克思主义传播的一个突破口，推动了新文化运动的深入开展。尤其是在韩江两岸有越来越多的先进分子自愿集合在马克思主义麾下，一方面，新的爱国群众团体在粤东纷纷涌现，除潮州工、农、妇等各界联合会，城东青年图书社外，还有洪阳集益社、惠来青年社，汕头、揭阳的新学生社，澄海的中华人声社，饶平的同志学社等；另一方面，宣传新思想、新文化的刊物竞相兴办，一期期《救国周刊》《晨光》《伏虎》编辑完成，上演了一场现代版的“百家争鸣”，《社会主义史略》《五一劳动节史略》《共产主义浅谈》《广东群报》等介绍马克思主义和社会主义的书刊带着油墨香气甫一出版，便被青年学生抢购而空，一时“洛阳纸贵”。这种传播不是强制性的植入，而是理性的陶染，在认真研读之后，青年学生深深折服于科学社会主义的理论魅力。

当马克思主义遇上中国青年后，二者发生了奇妙的化学反应——马克思主义被当时先进的青年奉为真理，青年则成为马克思主义坚定的传播者、捍卫者和践行者。当时潮汕籍的留学生成为粤东地区传播马克思主义的中坚力量，如彭湃、李春涛、杨嗣震、杜国庠、王鼎新、陈卓凡等有理想、有血气的知识青年，通过成立社团、兴办学校、主编出版刊物等方式宣传社会主义，积极投身于马克思主义的宣传和革命实践中。包括杨石魂、方临川在内的一大批在外地或本地读书的青年学生，也通过各种方式在潮汕宣传社会主义学说，为马克思主义在潮汕的传播做出了积极的贡献。至此，马克思主义的影响，由世纪交替之际的涓涓细流汇聚成建党前后的巨浪，从广东等地迅速席卷全国，在苦难中国的逆境中播下了一颗新的火种，很快，这颗火种就会燃成燎原之势。

三、将古老粤东纳入现代进程

今天，站在新的历史起点上，我们鉴往知来，窥见了马克思主义在潮汕传播的清晰路径，也意识到，正是马克思主义为人们描绘了一幅未来社会的美丽远景，将落后的中国纳入了现代文明的进程，影响深远。马克思主义传入粤东地区后，新思想蔚然成风，成为主流。当地成立的潮安青年图书社设立了新刊贩卖部，从北京、上海、广州等地购进《新青年》《新潮》《新生活》《新妇女》《少年世界》《解放与改造》《到自由之路》等数十种周刊、月刊和丛书，后又在新加坡带回2000多册《社会主义史略》《五一劳动节史略》《无政府主义浅说》等8种小册子进行销售，有力促进了新文化在当地的传播。1923年，新刊贩卖部扩办为青年书店，其书刊的销售范围不再局限于潮州，而是扩展到汕头、澄海、潮阳、揭阳等市县的学校，如此一来，更拓宽了新思想在粤东地区的传播路径，民主与科学不再是遥不可及的空中楼阁，而是真正在这片厚重的土地生根发芽。恰同学少年，风华正茂。马克思主义思想淬炼了青年们的思想，洪灵菲、戴平万、冯铿、柯柏年、梅益等一大批朝气蓬勃的知识分子沿着韩江追寻真理，从潮汕走出去，远赴上海滩，为民族和国家贡献自己的青春和热血。

第三节 革命斗争精神的觉醒

一、呐喊：从苦痛中生长出逐梦之翼

在1919年爆发的那场轰轰烈烈的彻底反帝反封建的五四运动中，中国的青年一代带着让国家和民族摆脱危亡境遇的深刻思考，用“火烧赵家楼、痛打卖国贼”的壮举赢得了广大人民群众的呼应，这场震惊中外的伟大爱国革命运动取得了完胜。无疑，在中华民族追求独立和进步的漫漫求索之路上，五四运动具有里程碑式的意义。也正是从1919年的这声呐喊开始，众多中国先进知识分子找到了奋斗的方向，坚定了觉醒的初心——一个全新的社会理想和奋斗目标，那就是要建设一个社会主义的新中国。

五四运动时期的大批粤东地区爱国志士是卷入这场风暴中心的勇者，他们短时期内在思想上经历了一番柳暗花明的剧烈变动。1919年5月6日，汕头《公言报》刊出号外，向大众实时报道北京爱国运动的情况，并发表了短评，立即引起汕头各界人士的强烈反响。一石激起千层浪，潮汕各地学生纷纷云集而响应。翌日，汕头学生通电支援北京学生的爱

国行动，率先发动集会游行，激情高昂地向群众进行爱国宣传。如今，走在汕头的街道上，就是一次寻根历史、穿越时空的怀旧之旅。绕过层层叠叠的骑楼，抚今叹昔，想象着多年前爱国学生们散发传单、进行街头演讲的身影。时钟拨回到1919年5月7日，当天，揭阳民众在榕江中学杨石魂等人的发动下，组织学生上街游行，张贴标语，并致电北京，在两千多公里之外，为同胞们呐喊助威。5月11日，全城多所中小学校的代表齐集开元寺旷埕开大会，成立潮州学生救国联合会。在学生爱国热情的感染下，潮州工人阶级也成立潮州工界救国联合会，后来还成立了统一全县反帝爱国运动的潮州各界救国联合会，把爱国运动推向更大的声势与规模。5月14日，由省立汕头甲种商业学校师生发起，在汕头英华学校（现汕头市一中）召开岭东学生联合会成立大会，岭东学生联合会还出版《救国周刊》，及时指导这场反帝斗争。浩浩荡荡的岭东地区学生爱国运动展现出震古烁今的气势，至今仍然给予后代无限的信念与力量。

处在新旧时代转换之百年变局的节点上，这一次久受压抑的民族情绪的集体爆发，辐射到粤东地区的各个城市，使爱国斗争行动具有空前的群众性。在一众意气风发的潮汕青年中，以洪灵菲、戴平万、冯铿、柯柏年、梅益等人最为瞩目，他们怀揣着“外争主权、内除国贼”的初心，从理想之中生长出逐梦之翼，以热血为刀，以笔杆为枪，发出了被坚船利炮打醒、为救国之心所召唤、与反动势力不共戴天、拥抱现代世界的泣血呼声！

二、韩江两岸的群星闪耀时

也许很多人曾在上海中国左翼作家联盟会址纪念馆和鲁迅纪念馆等场馆中看到过洪灵菲的名字，很多人知道鲁迅杂文《为了忘却的记念》中有位烈士叫冯铿，很多人听说过东北抗日联军的创始人之一戴平万，但却很少人知道，这几位中国左翼作家联盟文化青年都是来自韩江之畔的潮州。千里沃野、江山如画，翩翩少年、风华正茂。作为粤东的母亲河，悠悠韩水哺育了一大批满怀豪情的进步青年。岁月老去，他们成为粤东地区的红色文化名片，构成了一道亮丽的人文景观。

1919年，在省立潮州中学校（后改名"汕头市金山中学"）爱好写旧体诗的学生群体中，有一名叫作洪灵菲的学生，他沐浴在新思想与新文化的光辉之中，悄然于心田播撒下追求自由解放的种子。1922年，满怀着对真理的忠诚与热情，他如愿收到了国立广东高等师范学校英文科的录取通知书，求学期间，结识了共产党员许甦魂，这打开了他思想蝶变的大门。翌年春，潮汕新文学社团火焰社多了洪灵菲的身影，在《星报》和《大岭东日报》的副刊《火焰》上亦频繁刊登了他的诗歌和散文，一行行带着作者胆气、志气、豪气的文字在纸上喷薄而出，每一句都不同凡响。经过长期考察，许甦魂对这个青年寄予厚望，并于1926年介绍他参加了中国共产党。阅读洪灵菲当年撰写的文章《到革命的战线上去》，后人可以感受到，作者有着一颗热烈的、滚烫的，为革命事业鞠躬尽瘁、死而后已的心，而这也成为他命运的写照。1926年8月，洪灵菲从国立广东高等师范学校毕业。恰逢国共合作蓬勃发展，他参加了广州国民党中央海外部工作，并担任《海外周刊》的编辑，自此，他一边投身于火热的革命工作，一边笔耕不辍，创作了大量的诗歌和散文，字里行间皆是家国情怀。

冯铿与洪灵菲同为汕头第一个新文学团体火焰社的社员，《火焰》的目录上也频繁出现她的大名。不过，在此之前，冯铿已有过参加文学社的经验——1921年春天，冯铿转到汕头友联中学初级部就读，学校师生创办了友中月刊社，冯铿便是其中的骨干，她清醒地意识到，辛亥革命之后，帝国主义和封建主义的思想和势力仍在苟延残喘，这正是国家混乱的原因。因此，她满腔热情地吹响斗争号角，动员广大青年，要抱着献身的决心和大无畏的精神，不管道路中是否"布满了荆棘、狼前虎后"，也要不顾一切地勇敢奋斗，"达到我们理想的伊甸地"。她认为文学可以为革命助威呐喊，常以笔杆为战斗武器，致力于点燃人民心中的火焰。在校期间，冯铿发表了《国庆日的纪念》《破坏与建设》《学生高尚的人格》等多篇文章，以文学为媒，表达她对现实社会斗争的思考。

戴平万作为普罗派的中坚作家，是无产阶级革命文学的拓荒者。当戴平万还是省立潮州中学校的一名学子时，他的眼界并不局限于教材上的文字世界，而是将目光投向当时的新文化运动，并参与其中。考入国立广东高等师范学校西语系的第二年，戴平万与洪灵菲等志同道合的同学聚在了一起，他们共同组织成立了火焰社，戴平万本人也在诗歌、散文的写作中磨炼文笔。1925年，他正式成为一名光荣的共产党员，发起成立潮州旅穗学生革命同志会。次年参加省港大罢工。毕业后，他远赴上海，在文学创作的道路上精耕细作，短篇小说集《出路》就是写于这个时期。1927年秋，海陆丰农民起义轰轰烈烈地展开，戴平万千里迢迢赶来，加入其中，直到起义失败后重返上海。1928年他参加太阳社，成为主要成员，与蒋光慈、钱杏邨（阿英）、洪灵菲等出版《太阳月刊》。其后他着手组织革命文化团体我们社，在与杜国庠、洪灵菲等人的共同努力下，《我们月刊》顺利出版，成为宣传革命思想的重要文化阵地。巍巍笔架山，铮铮英雄骨，穿越过风雨如磐的岁月，重新走进一百多年前那群年轻人的世界，当眼前的一段段史料牵引出红色基因的脉动，我们也说不清，究竟是地灵方得人杰，还是人杰衬托了地灵。

第四节　粤东文学青年与“左联”

一、“左联”：革命文学统一战线的形成

“左联”是中国左翼作家联盟的简称。20世纪30年代初，迎着那面缀有金黄色镰刀与锤头图案的党旗，鲁迅做了题为《对于左翼作家联盟的意见》的著名演讲，自此，这个革命文学团体以上海为基地，促成了广泛的革命文学统一战线的形成。

1928—1929年，国内多位左翼作家围绕革命文学的相关话题展开激烈争鸣，“左联”正是在这一背景下应运而生，其提倡和发展普罗（无

产阶级）文学的目标，将文人们团结在了一起。时值第一次国内革命战争失败，国民党反动派一方面对革命根据地进行军事封锁，另一方面对国统区实行文化"围剿"。资产阶级文艺家向革命文学猛开炮火，革命作家们清醒地意识到，必须联合起来才能有力地进行文艺思想斗争。在国际上，无产阶级作家联盟先后成立，为中国革命作家的联合提供了现成的参考范例。中共中央敏锐地发现了革命文艺运动的论争所暴露的弱点，主张停止文艺界"内战"，帮助革命作家们连成一心，成立联合的团体。

1929—1930年，之前成立的进步文学社团相继解散。1930年3月2日，在上海窦乐安路（今多伦路）233号的中华艺术大学一间大教室里，中国左翼作家联盟宣告成立。如果说在波澜壮阔的左翼文化运动中，"左联"是一面旗帜的话，鲁迅就是它的旗手，是它的代言人。在成立大会上，鲁迅做了题为《对于左翼作家联盟的意见》的慷慨陈词，第一次点明文艺要为工农大众服务的方向，并且号召左翼作家一定要和实际的社会斗争接触，话音刚落，现场掌声雷动、群情激昂。除了鲁迅，提及"左联"必然绕不开茅盾、田汉、瞿秋白等人。文学是灯光，是火炬，是"左联"成员们那颗燃烧着的心。古今中外的优秀作品，虽然艺术风格和样式各有不同，但无不以深切的人文关怀和现代理性精神的光芒来观照现实。今人再读"左联"作品，很难不为革命者在"白色恐怖"下的英勇斗争所触动，同时，作品中关于工人阶级与广大农民的描述，是"哪里有压迫、哪里

中国左翼作家联盟会址纪念馆入口（来源：牛丞禹拍摄）

就有反抗”的生动注脚。从这个角度看，左翼作家对社会底层的关注和同情，对平等、正义的不懈追求，仍然是当代作家应该继承和发扬的精神传统。

应形势之需，为了建立文艺界抗日民族统一战线，“左联”于1936年春解散。与浩瀚的革命历史相比，“左联”的存在不过短短六年，时过境迁，它却没有遗落于时间的尘埃之中。九十载光阴荏苒，“左联”的文脉和精神传承至今，凭借着对后世文艺界的深远影响，它坐化为一座中国革命文学史上的丰碑。

中共早期活动大多集中在上海，作为党的诞生地，此地得天独厚，拥有丰富的红色文化资源，街头巷尾遍布红色记忆。1930年前后，粤东进步青年响应党的号召，携笔从戎，来到了这里，与各地爱国作家组成革命文学战线，成立或加入中国共产党组织的进步团体。

其中，太阳社的主要发起人是蒋光慈、钱杏邨、孟超等。自第一次国内革命战争失败后，他们追随时代的步履，肩负起党员的文化宣传重任，活跃于各种文化活动之间。1927—1929年，他们先后在武汉、上海等地成立文学社团和创办刊物，在倡导无产阶级革命文学方面发挥了积极作用。1929年底太阳社解散后，成员并入“左联”。洪灵菲等都是太阳社的成员。

我们社的主要发起人是洪灵菲、杜国庠、戴平万，他们都是大革命失败后由广东辗转抵沪的潮汕籍作家。1928年5月他们在上海成立我们社，出版《我们月刊》，高举无产阶级革命文学的旗帜，其作品注重反映工农大众的生活与斗争，凝聚了社会革命思潮的核心价值观、现代中国革命文学的精神内涵。维系了短短三个月，8月始，《我们月刊》不再发新刊。

还有创造社，1921年6月由郭沫若、郁达夫、田汉等留学日本的进步青年创建，在乱世之中，为中国文坛注入了新鲜的血液。《创造周报》是创造社成员发表文学主张、进行创作实践的阵地，1923—1924年，其发表了众多名垂现代文学史的作品。创造社以“为艺术而艺术”为宗旨，前期侧重内心世界的刻画，凭借浓重的抒情色彩、浪漫的文体风格

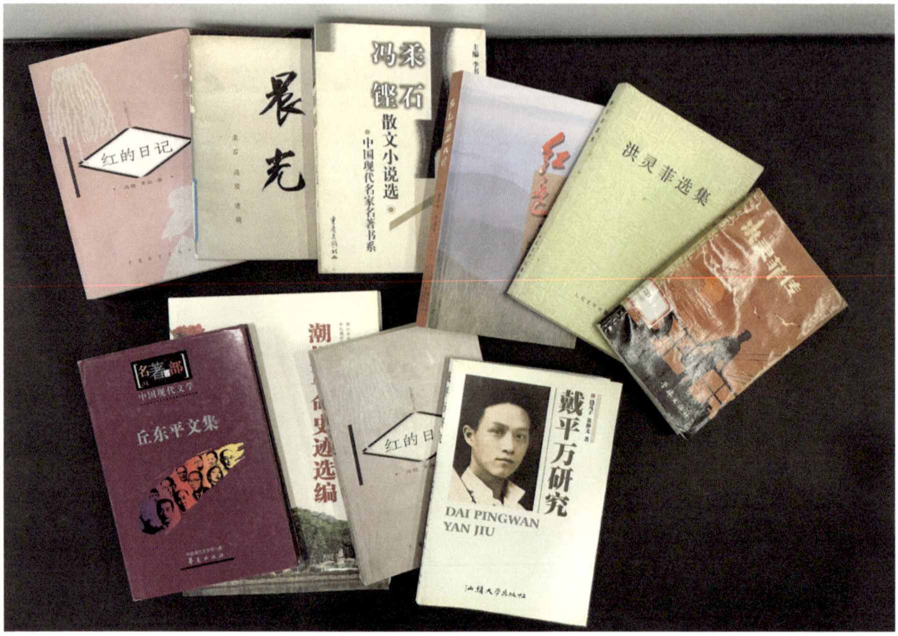

“左联”作家著作及相关研究著作（来源：牛丞禹拍摄）

独树一帜。后期则受国际国内“左”倾思潮影响，其理论倡导和文学活动带有教条主义、宗派主义倾向。随着1924年5月《创造周报》的停办，几个月后，创造社也宣布解散。

梳理这些文学社团的发展史，我们窥见了现代中国革命文艺发展过程的斑斓色彩。其作品之中，革命的阶级意识、政党观念，乃至大众团结抗战等精神信仰与文学的民族想象、国民性改造、翻身解放等话语之间实现了内在的有效互动；而作品之外，我们深知，正是在无产阶级革命面临困境之时，知识分子承担起了历史重任，用文字为革命、为人民服务。

二、潮汕的“左联”青年

20世纪初，新思想和新事物自海外来到潮汕地区，随韩江传播开来。新式教育、私营书店和民营报刊大量涌现，思想启蒙运动兴起，对传统封建宗法产生强烈冲击。洪灵菲、戴平万、冯铿、柯柏年、梅益、陈波儿、杜国庠、许美勋、许涤新、唐瑜等“左联”文化青年的传奇人生就在这跌宕的时代浪潮中拉开序幕。虽然活动轨迹各有殊异，但他们同在左翼麾下，工作之中常有交流。

潮安区江东镇的腹地，坐落着一座历史悠久的村庄——红砂村。这里有着光荣的革命传统，20世纪30年代，“左联”烈士洪灵菲就是从这里走向广阔天地，投身爱国救亡、民族复兴的时代洪流。早在家乡求学之时，洪灵菲就受到新文化的影响，“自由解放”的观念在少年的世界观尚未完全成熟之时就在其心中扎根。1922年，洪灵菲顺利考入国立广东高等师范学校，并在学生运动中发光发热。沙基惨案发生后，他承担了大量的组织和宣传工作。大学期间，许甦魂成为他的革命引路人，结合对马克思主义的理论研究，洪灵菲毅然加入共产党，成为革命阵营中的一名坚定战士。1926年，洪灵菲任《海外周刊》编辑。大革命失败

洪灵菲故居（修缮前。来源：广东省韩江流域管理局《南粤“左联”之旅暨中央红色秘密交通线图册》）

后，国民党右派大肆搜捕共产党人和进步学生，洪灵菲也在通缉之列，他被迫离开广州，踏上辗转中国香港、新加坡、泰国等国家和地区的流离之路。尽管历经苦辛，但洪灵菲已将“信仰”二字深深根植于灵魂深处，并在日后的人生历程里始终坚守，不忘初心。1928年，他加入太阳社，恢复党组织关系，我们社也在他的策划和努力中诞生。洪灵菲积极和进步作家联络，消除内部隔阂，尽可能地扩大进步作家联盟。之后，他发起成立“左联”并担任常委。“去为着人类寻求着永远的光明”，这是洪灵菲立下的誓言，也是他毕生的追求。

戴平万出生于潮州城北溯韩江而上20公里外的山间小镇归湖。他的曾祖父是清朝举人，父亲则是清末秀才，爱好新文艺，与当时的进步文学青年有着密切的往来。在家庭儒雅书香之风的熏陶下，戴平万从小便酷爱读书，先后进入省立潮州中学校和国立广东高等师范学校学习，在校期间就有文学作品刊登在新文学刊物上。1919年5月，一声春雷惊响了中国的夜空，唤醒了四亿在暗夜中徘徊的灵魂，戴平万没有丝毫迟疑，积极响应时

戴平万故居（修缮前。来源：韩江流域管理局《南粤“左联”之旅暨中央红色秘密交通线图册》）

代的号召，投身于学生革命运动。1924年，他向党组织发出了字字铿锵、句句千钧的入党誓词。在流亡期间，他与洪灵菲相识相知，在患难中击掌相约回到上海参加党组织的地下活动，坚持革命斗争。后又奔走于太阳社、我们社的文学活动，利用新文学社团来进行政治斗争。

冯铿1907年11月出生于海阳县（今潮州市枫溪云步村）的一个知识分子家庭。她8岁开始阅读古典书籍，中学时代便有“小作家”的美名。少女的笔触明亮而轻盈，对未来充满不确定的憧憬，稚气得令人感动，然而，她很快便从一名情思婉转的少女成长为一名巾帼战士。当时，冯铿的姐姐勇敢地追求自由婚姻，却在旧道德的压迫下郁郁而终，这激起了冯铿谋求妇女解放、反抗不合理社会制度的斗争意识，她誓做傲雪岭上梅。1925年对她来说富有转折意义，这一年，她参加革命军第二次东征的汕头军纪念大会，见到周恩来后，冯铿的革命热情在胸中激烈地荡漾，一触即发。笔杆子成为她的利器，她奋笔疾书，将斗争的矛头指向反动势力，致力于揭示和批判辛亥革命的不彻底性以及社会的软弱性。高中毕业后，冯铿进入小学成为一名老师，并为农会办夜校识字班。1926—1928年经历“四一二”反革命政变，更加让她意识到民众是革命的源泉，这反映在其作品中，字里行间可窥见贫富悬殊造成的斑斑血痕。1929年她从汕头乘船到上海，同年5月加入了中国共产党，用积极的行动守护祖国的锦绣山河。1930年3月中国左翼作家联盟在上海成立，其骨干盟员的名单上有着冯铿的名字。

著名哲学家、历史学家杜国庠的故居是汕头市澄海区莲上镇兰苑村的一幢老宅。杜国庠笔名林伯修。他5岁丧父，所幸母亲勤俭操持，杜国庠得以进入私塾，受到较好的启蒙教育。据亲戚回忆，杜国庠天资聪颖、勤奋过人，入学首日，即能只字不差地背诵《千字文》。成年之际，杜国庠得家族资助，东渡日本，就读于京都帝国大学。怀抱救国理想，为民族寻找方向，是杜国庠留学期间反复思考的问题，对马克思主义的认识与信仰，让杜国庠从一介书生自觉转化为革命者，也为其治学道路提供强有力的支撑。1919年经李大钊介绍，杜国庠任教于北京大学讲授马克思主义政治经济学说等。回乡之后，他先后任澄海中学、金山中学校长，并成为中国共产党的一分子。统观杜国庠的一生，组织与参加文学社团应是其革命报国的一部分，太阳社与我们社均见证了他的贡献。几十年间，他醉心于革命文艺理论研究、进步文学作品和马哲书刊的翻译，其作品对今日仍具有不可替代的学术价值。如今澄海的百姓们，还可以瞻仰这位岭南名人的雕像。

许美勋是广东潮安人，与冯铿在潮汕地区结识。在风起云涌的动荡年代，接受新思想启蒙的许美勋，认识到"唯有革命才能救中国"，于是，他以笔为枪，投入大时代的红色洪流之中。1929年，他与冯铿从汕头乘船前往他们向往已久的上海。当时的上海是全国革命文学的中心，两人在此得到杜国庠、柯柏年、王鼎新等人的热情接待。其后，许美勋在南强书局担任编辑，并常有作品见于《拓荒者》《我们月刊》等刊物，此外，他还与人合办《白露》，与太阳社关系密切。1930年3月，许美勋出席中国左翼作家联盟成立大会，作为发起人之一，他亲眼见证了"左联"发展的点点滴滴。

柯柏年也是潮州人。其家庭有深厚的革命渊源，叔叔李秀升曾在厦门参加同盟会，追随孙中山宣传三民主义，哥哥李春涛曾留学于日本东京早稻田大学，执教于北平的中国大学等多所高校，并任岭东民国日报社社长，其家庭的几个兄弟都投身革命，很有作为。柯柏年自小对英语有着浓厚的兴趣。1919年五四运动爆发，少年柯柏年一下子投入了声势浩大的学生运动，他参加各种集会，倾听演讲、辩论，并不顾家人反对，远赴上海、北京求学，学习英语、俄语并开始涉足翻译。1925年，他受杜国庠邀请，回澄海中学任教，随后参加第二次东征，先后任黄埔军校分校政治教

柯柏年故居（来源：牛丞禹拍摄）

官、周恩来创办的《岭东民国日报》副总编辑等。柯柏年曾说，参加革命是为了理想，不满腐败的旧社会，要建立一个自由平等的新中国，而论及他对革命事业的贡献，便不得不提及他的翻译工作。恩格斯的《社会主义从空想到科学的发展》，马克思的《哥达纲领批判》，列宁的《国家与革命》等一系列马列主义相关论著，都是经由柯柏年的翻译之笔，为更多的中国读者所阅读，并深刻影响了一代人思想成长的轨迹。

梅益出生于广东省海阳县（现潮州市）的一个贫苦家庭，时任小学校长的杜国庠非常同情他，遂破例不收取学费让其入学。后考入上海工学，但梅益因交不起学费，回到潮州城南小学教书。尽管如此，他汲取知识的热情从未枯竭，1932年，梅益独自到北平，住在潮州会馆，受潮州同乡资助生活，他一面积极地寻找革命组织，一面坚持到北京图书馆自学英文。梅花香自苦寒来，从1934年开始，北平《晨报》、上海《申报》副刊等刊物时不时有他的作品刊登。1935年，梅益加入“左联”，合编上海“左联”的机关刊物，以及参与编辑《译报》《每日译报》。1937年，梅益正式加入中国共产党。五年之后，由他翻译的中文版《钢铁是怎样炼成的》一书，历经艰难曲折，终于出版。这本书使许多青

梅益故居（来源：广东省韩江流域管理局《南粤“左联”之旅暨中央红色秘密交通线图册》））

年读者受到教育，走上了革命道路，并以保尔为榜样，汲取力量，勇往直前。

陈波儿在广东省海阳县（现潮州市）的一个华侨商人家庭出生成长。其父亲经常往来于中国香港、潮州与南洋，视野宽广，具有进步思想的哥哥也给了这位少女潜移默化的革命启蒙。陈波儿的求学之路从厦门和南京开始一路辗转到上海，她先后进入格致中学和中国公学读书，1929年转入上海艺术大学文学系。四处游学的经历不仅让她饱读诗书，结识了革命青年，接触先进思想，更是开启了她通往艺术世界的大门。1928年，她加入由中国共产党直接领导的上海艺术剧社，开始公演外国进步名剧，其间，她的表演才能得到了充分肯定。1931年陈波儿被列入国民党特务搜捕黑名单，不得已转移到香港。1934年起，她以电影为阵地开展革命工作，而在银幕之外，她将更多的精力投入于抗日救亡宣传运动，号召广大民众团结起来共同御敌，曾成立上海妇女界救国会，发起“救国入狱运动”等活动。经过这一系列风霜雨雪的考验，此时的陈波儿已由一个纤弱的电影演员成长为坚强的革命战士，在1937年加入中国共产党之后，她继续战斗在“白色恐怖”重重笼罩的国统区，向民众报道抗日根据地人民的艰苦斗争，至此，她找到了比电影更广阔的人生舞台。

韩江悠悠，静水深流。穿过历史的烟云，潮汕积淀下厚重而丰富的人文底蕴。从粤东韩江之滨，来到中国革命文化运动中心上海，英姿勃发的少年们以主要社团发起人、负责人为起点，一步步成长为“左联”的创始人、领导人和左翼文化运动的先锋。在20世纪20年代末30年代初的中国文坛革命浪潮中，这一批活跃的潮汕籍作家、文艺家在灿若星河的红色英烈谱中熠熠生辉。

第三章 奋进

粤东『左联』青年们的文学战场

第一节 洪灵菲：漂泊一生的“革命信徒”

20世纪二三十年代，一场浩浩荡荡的无产阶级文学运动潮流席卷中国，它继承了五四新文化运动的革命文学思想，并随着左翼文学的蓬勃发展逐步达到高潮。在风起云涌的大变动时代，左翼作家联盟的参与发起者——潮汕籍作家洪灵菲投身于革命的洪流中。洪灵菲（1902—1933），广东潮州人，中国现代作家，太阳社、我们社的主要成员，曾参与出版《我们月刊》，“左联”七常委之一。大革命失败后，洪灵菲遭国民党通缉，被迫流亡到香港、新加坡、暹罗等地，后回到上海继续革命工作。1933年他被国民党逮捕，因坚守党的机密被秘密杀害。洪灵菲擅长“革命”和“恋爱”并奏的创作模式，主要作品有《流亡》《转变》《前线》，具有强烈的自传色彩，这三部作品被誉为“初期无产阶级革命文学的代表作”。木棉花开了又落，但当我们以历史之眼俯瞰韩江，那些诗歌的灵韵、文学的精粹、反抗的热血都在告诉我们，韩江流过，历史经过，洪灵菲的故事并非“落尽千花人未知”。

一、黎明前夜，踽踽独行

“时候已是夏初四月了，太阳很猛厉地放射它的有力量的光线，在地上载满着炎热。在这样寂静得同古城一样，入耳只有远村两三声倦了的鸡啼声的田野中间，在这样美丽得同仙境一样，触目只见遍地生命葱茏的稼穑的田野中间，他陶醉着了，微笑着了，爽然着了。他忘记他自己是个逃亡者，他忘记死神正蹑足潜踪地跟着他。在这种安静的，温穆的，美丽的，淡泊的景物间，他开始地忆起他的童年的农村生活来。”（《流亡》）1902年正月，韩江下游潮安县江东区洪砂村的一户务农人家，第三个男孩降生了。这户人家的主人叫洪舜臣，男孩则是中国现代文学史上才华横溢的作家洪灵菲。洪灵菲，原名洪伦修。父亲早年是一名落第秀才，不过在洪灵菲出生后数年，他弃儒从医，在潮州开了一药材店，名为“荣春堂”，后因自制药丸药效显著，畅销于潮汕一带，荣春堂逐渐打开局面，洪家家境随之稍有好转。母亲陆秀荣性情温婉慈爱，吃苦耐劳，善于持家。洪舜臣笃信孔孟之道，为人严正耿直，对待贫困的病人仁慈善良，在其他子女面前亦难掩宠爱之情，唯独对待洪灵菲极为严苛。这是有原因的——洪父极其迷信五行、八字与风水，从出生便断定洪灵菲是没有福气的“短命仔”，各处都看不顺眼，因而时常对洪灵菲厉声叱骂。

洪灵菲童年时代是在贫困中度过的，5岁便开始干农活，不仅饱受生活辛酸，还时常受富家子弟欺负。9岁时，洪灵菲被父亲送往私塾读书，私塾先生的古板暴力引起了他对私塾制度的极度反感。父亲带来的恐惧以及年少时的经历，使洪灵菲从小便压抑着一颗反抗的、跳动不安的心，他在《流亡》《转变》中给父亲起名为“沈尊圣”“李继孔”等，都可溯源于此。另外，幼年物质生活的窘迫也使洪灵菲锻炼出坚毅的体力和意志，且具备勤俭朴素的美德。洪灵菲13岁进入城南小学——潮州最早开办的新式小学就读，他学习十分勤奋，受老师戴贞素（戴平万之父）影响，喜爱唐诗，毕业时已经能够写诗。

1918年，经多次向父亲极力请求，洪灵菲考入潮安县新学堂金山中学，潮州北面的金山历史文化气息浓厚，洪灵菲时常一边赏景一边幻想。1919年五四爱国运动波及潮州后，在潮州学生救国联合会、潮州工界救国联合会的领导下，各种救国运动热潮此起彼伏，血气方刚的洪灵菲和戴平万都积极参与到运动中去。这一时期，洪灵菲醉心于新书刊，常常手不释卷，新思潮的洗礼使他内心萌生出对于朦胧的社会远景的设想与期待。也正是这一时期，洪灵菲与戴若荷（戴平万妹妹）在朝夕相处中坠入爱情的漩涡，但洪灵菲的父母因狭隘的宗族观念不同意他们相恋。

中学毕业后，洪灵菲与戴平万准备报考国立广东高等师范学校继续求学，临行前，洪灵菲与戴平万兄妹夜游韩江，依依不舍地向故乡的山水投以饱含热泪的目光。1922年，喜讯传来——洪灵菲与戴平万双双被录取到国立广东高等师范学校英语科。从此，他以前所未有的热情投入新知识的学习中，他读莎士比亚，读易卜生，也常常为拜伦和雪莱的浪漫主义诗歌所倾倒，这些作家都对他产生了极大的影响，也唤醒了他心灵中自幼时埋下的反抗之根。洪灵菲站在广州，眺望那韩水边的故乡，思绪蹁跹："我们的故乡有着辽阔的天空，有着空旷的大野，有着美丽的河流，澄澈的池塘。在秋天的时候，有着耀着日光的黄叶……"（《家信》）但随之而来的，往往又是深深的思念与怅惘。既为了理想流亡天涯，又割舍不下故乡与母亲的牵绊。洪灵菲如此仓皇落寞，又如此坚定执着，在黎明的前夜，踽踽独行。

洪灵菲上国立广东高等师范学校二年级时，父亲的一封来信打破了他心灵的平静——家中已为他定下婚约。洪灵菲的第一反应是反抗，在回信中，他慷慨陈词，对旧礼教给予毫不留情的抨击，一再强调要追求婚姻自由，后来干脆假期不回家，以此表明抗婚决心。这一时期，愁云笼罩着洪灵菲的内心，他开始借酒浇愁，生活没有规律，导致严重的神经衰弱。在反抗包办婚姻的过程中，对戴若荀的思念也与日俱增。洪灵菲借写旧体诗，试图将个人的遭际、胸中的抑郁倾泻到纸上，留下了《夜渡过海》《秋叶书感》《醉后》等作品。阅读这些作品，隐约可以窥见革新派文学团体南社的重要成员苏曼殊的影响痕迹，诗风幽怨凄恻，弥漫着个人的无奈与感伤。最终，他仍然没挣脱封建的牢笼，与一位素不相识的农家女成了婚，一夜间，曾经诵读的自由与爱情的高亢赞歌，骤然成为遥不可及的一枕黄粱。"婚姻的悲剧，给他带来了无法平复的精神的创伤"[①]，洪灵菲便希冀从古典诗词和外国诗歌中寻求安慰。

① 陈贤茂：《洪灵菲传》，学林出版社，1989，第59页。

二、以笔为枪，直击黑暗

山雨欲来风满楼。从1924年国共达成合作，到沙基惨案的发生，再到广东革命军击溃军阀，可以说广州的革命形势瞬息万变。作为大时代下的个体，洪灵菲并没有与潮流相隔绝，他逐渐喜欢上阅读有关革命理论的文章，并因自身“卖文”的屈辱经历而对被压迫的工人产生同情，所以，往日的迷茫沉沦逐渐被全新的热情所取代，他的内心摆脱了个人的不幸，转向革命的战场。当时，学生运动势头正烈，洪灵菲虽与学生运动的左派亲近，却并未加入任何组织。“在长期的自我隔绝之后，他觉得他又与生活的洪流、时代的洪流汇合在一起了。”①

洪灵菲在信仰迷茫时，遇到了共产党员许甦魂，许甦魂对他的人生轨迹产生了重要的影响。洪灵菲与戴平万、许甦魂提议成立潮州旅穗学生革命同志会，后又组织社会科学研究会，一面研究马克思主义书籍，一面观照身处其中的现实革命斗争。在许甦魂的推荐下，洪灵菲与戴平万加入中国共产党，后又进到海外部当职员，在这个过程中，洪灵菲思想立场以及理想信念愈发坚定，革命工作也得以逐渐深入展开，而这都离不开许甦魂的引导。同样重要的是，一次洪灵菲去往许甦魂家中，认识了一位年轻姑娘秦孟芳，她后来成为洪灵菲的人生伴侣以及革命事业中的得力助手，也是洪灵菲经典作品《流亡》中女主人公黄曼曼的原型。两人时常交流探讨，相互吸引，逐渐产生了爱情，于1929年自由结婚。

然而，幸福的日子并不长久。1929年广州又发生“四一五”反革命政变，以蒋介石为首的国民党反革命武装对共产党人和革命志士展开了大肆搜捕和屠杀，洪灵菲也被列入通缉名单。广州政治形势日渐险恶，整个城市笼罩在“白色恐怖”之中。在革命群众的帮助下，洪灵菲开始了长达数月的艰苦流亡，从广州到香港，再回汕头，他如同无根的浮萍

① 陈贤茂：《陈贤茂自选集（下）》，汕头大学出版社，2005，第205页。

四处漂泊，后来甚至到了海外，有时躺在新加坡栈房的床板上辗转反侧，有时在湄南河货船里忍饥挨饿……他也曾问过自己："革命的前路究竟在哪？我又要去何方？"共产主义信仰向他指明了答案："你灿烂的霞光，你透出黑夜的曙光，你在藏匿着的太阳之光，你燎原大焚的火光，你令敌人胆怖，令同志们迷恋的绯红之光！燃罢！照耀罢！大胆地放射吧！我这未来的生命，终愿为你的美丽而牺牲！"（《流亡》）几经辗转，洪灵菲最后于1927年冬来到上海。一路上的颠沛流离、辛酸苦楚，都反映在他的自传体长篇小说《流亡》里。

回到上海后，洪灵菲接上了党组织关系，从事党的秘密工作。在革命陷入低潮之时，洪灵菲每天坐在简陋又狭小的出租屋内，在失意的苦闷与生活的艰辛中摸索着寻找出路，望着天空，他想到了离别时父亲沧桑的脸和母亲滚烫的泪，想到与妻子相处的甜蜜和分别的不甘，想起这些年来四处漂泊的颠簸与艰辛，忽然间灵感闪现、文思泉涌，满腔报国热血在此刻化为文字，在纸间流淌，上百万字的革命文学作品都是在这个时期完成的。1928年1月，蒋光慈、钱杏邨、孟超等人在上海发起成立太阳社，创办《太阳月刊》，不久洪灵菲加入太阳社。同年5月，洪灵菲与戴平万、杜国庠等组织成立另一个文学团体我们社，出版《我们月刊》，然而出版到第三号便被国民党政府查封了。"革命尽管处在低潮，但我们手中有一支笔，能使革命在另外一个方面蓬勃活跃起来。"[①]这一时期，洪灵菲以笔代枪，创作出被誉为"初期无产阶级革命文学的代表作"的"流亡三部曲"，较为集中地展现了无产阶级文学的特征、面貌与成就。

洪灵菲善于以个人生活遭际和真实感受为题材进行创作。流亡归来后，洪灵菲昼夜不辍地写《流亡》，这部长篇小说以"四一五"反革命政变为政治背景，从一对新婚恋人在恐怖而富有诗意的古屋中享受新婚生活开始，写到其追随起义部队去往潮汕却又扑空，不得不再度流亡。主人公沈之菲平日里与那些专拍资本家、新军阀马屁的人意见有分歧，

① 张晓阳、孔繁勋：《洪灵菲传》，江苏人民出版社，2016，第2页。

于是在这次事变中被视为危险人物，身处“必捕之列”。故事背景影射了1927年国民党公开叛变革命的社会政治情形。迫于形势，沈之菲踏上流亡之途，短短数月，到过香港、新加坡和暹罗等地，在香港被拘捕，在新加坡客栈挨过饿，在湄南河上漂流……他与爱人分别，到处奔波流浪，回到家中却得不到家庭的理解，因而时常陷入困境，一度悲观、凄惶、恐惧。但走过大江南北，主人公逐渐认识到社会的黑暗、旧制度的腐朽，了解了生命的价值与意义，坚定了为革命奋斗和牺牲的决心，所以到最后，他悄悄离开家庭，再次奔赴远方，“去为着人类寻找永远的光明”。可见，这部经典代表作具有强烈的个人自传性色彩。小说中男女主人公的爱情经历、流亡过程等故事情节，主人公沈之菲的性格特征、情感活动，梦境中对父亲的恐惧，都是洪灵菲本人的经历和情感写照。

此外，小说洋溢着强烈的革命主义激情，主人公本因革命形势而被迫流亡，后因革命信念而主动流亡，一路流亡伴生出的抑郁、苦闷等情绪，转瞬即化为积极昂扬的斗志，化为前进、奋斗、打破一切的决心。从字里行间，读者也能感受到浓郁的浪漫主义色彩，真挚而炽热的爱情滋养了革命带来的苦闷与低沉，而梦境中对故乡的怀念、对童年的回忆，以及流亡路途中对于自然风景的发现、对异国情调的捕捉，都时不时地冲淡了现实的黑暗和流亡的苦痛。

《流亡》的出版在当时的文坛上引起了不小的轰动。洪灵菲写完《流亡》即写《前线》，故事发生时间恰好是《流亡》前——国共合作时期，以作者进海外部工作到“四一五”反革命政变这期间的经历为原型。主人公霍之远在国民党党部工作，同时也是一名共产党员。他为革命奔波，并且在国民党反动派展开大屠杀的危急关头挺身而出，为保护党的利益和同志的安全牺牲了自己。《前线》出版后，“最后一部曲”《转变》诞生，《转变》所写的故事再次往前回溯，素材基本来源于洪灵菲青少年时代的经历。在小说中，主人公李初燕由于婚姻不自由，爱情遭到挫折，因而纵酒沉沦，后来在革命形势的推动下离家出走，终于走上追逐光明的道路。

这三部小说都以中国革命的重大事件为背景或题材，从革命斗争这一时代主题中发掘出丰富的意蕴，颇有史诗气质。"流亡三部曲"的成功，一方面基于作者洪灵菲的个人经历和对情感的真实描绘，另一方面则缘于小说中的主人公具有普遍代表性，汇集了大革命时期无数革命青年的共同特征，作者将他们从小资产阶级知识分子到无产阶级革命战士的思想发展轨迹细腻地呈现出来。文本立足于革命低潮、动荡这一社会背景，描写一批革命青年由苦闷、消沉转到坚定信念、反抗斗争的情况，深刻暴露出反动统治者对于革命的残酷镇压和对革命人民的虐杀等政治的黑暗和社会的腐朽。洪灵菲是一位极具诗人气质的作家，善于将一种积极昂扬的浪漫主义激情贯注于大时代的革命洪流中。他的作品大多直抒胸臆，具有极强的个人表现力和艺术感染力。同时，他善于运用出色的心理描写，深入剖析人物的心理世界，并且于作品中穿插了辽阔壮丽的自然景物描写，用文字绘就一幅幅诗情浓烈的画卷。

"革命+恋爱"是这一时期革命文学的潮流元素，洪灵菲的作品正是迎合了这一种创作倾向和审美趣味。"为革命而恋爱，不以恋爱牺牲革命！革命的意义在谋人类的解放，恋爱的意义在求两性的谐和，两者都一样有不死的真价！"（《前线》）必须指出的是，革命与爱情在洪灵菲看来并不是矛盾的，而是同等重要的两件大事，爱情成为他革命的"力的发动机""精神的兴奋剂""黑暗里的月亮"，代表着美好、光明与希望。因此读者可以看到，洪灵菲的作品在革命与爱情的双重变奏中，洋溢着对这两者的憧憬与激情，也调解了革命青年们内心的矛盾与苦闷，即"革命的意义在谋人类的解放，恋爱的意义在求两性的谐和"，不必为革命放弃爱情，也更不能为爱情牺牲革命，甚至出卖革命。

三、雨花台下，烈士长眠

进入20世纪30年代，洪灵菲大部分时间都扑在革命工作上。1930年

1月，上海左翼作家联盟成立，洪灵菲是参与创建的主要成员，并被选为“左联”七常委之一。此外，在中国反帝大同盟、中国左翼文化总同盟等组织中，他都扮演着举足轻重的领导角色。由于繁重的宣传、组织工作压在洪灵菲的肩上，所以他这一时期只创作了长篇小说《家信》、中篇小说《大海》、短篇小说《在木筏上》《在洪流中》《归家》等，同时翻译了高尔基、陀思妥耶夫斯基的一些作品。虽然仅有少数几部作品，但却标志着他进入了一个创作的新阶段。最明显的是洪灵菲笔下的主人公由小资产阶级知识分子转变为工人、农民和革命者，作品主题则由革命战胜消沉转变为较集中地暴露时代的黑暗，正面表现工农大众的武装革命斗争。可以说，洪灵菲1930年以后的作品，最显著的特点便是以革命斗争为主线，试图积极表现工人和农民的觉悟。

1933年春，党中央把洪灵菲调往北平，担任中共中央驻北平全权代表秘书处秘书。他一边工作，一边于闲暇之余着手创作长篇小说《童年》，然而仅仅写完三章，就因公务繁忙不得不搁置了。7月的某天，洪灵菲像往常一样出门，他与妻子告别说中午12点回来吃饭。谁知，这一走就再也没能回来——他被阮锦云出卖，遭国民党逮捕。屹立囹圄志如钢，百般利诱费唇枪。面对敌人的威逼利诱，洪灵菲没有吐露半句党的机密。潮州知识界名人、洪灵菲的岳父秦昌伟曾筹措巨资，期望赎他出狱，但得到的答复却是：“此人死不悔悟，毫无回头之意，赎不得！”1934年夏，这一叶漂泊了一生的“乱世浮萍”被押解到南京，为革命献出了自己的生命，在雨花台的青松翠柏下长眠不复醒。

洪灵菲是一名作家，更是一名革命家、一名烈士。他不仅将创作背景、故事情节等置于革命的“洪流中”，更是身体力行地将个人的青春以及生命都献给了党和人民的革命事业，为革命而奔劳，终为革命而献身。我们在洪灵菲其人、其作中感受到了一名革命知识分子在革命洪流中的挣扎与成长，也看到了一名革命者在洪流击打下坚韧不屈、追求光明的高尚意志和品格。

第二节 戴平万：甘为一颗忠实的沙粒

“去年岭上木棉落尽的时候，亦是江头杨柳飞花的时候，自那时起，棉絮柳花，吹满大地，酿成一个白色的世界，把灿朗的春光，遮蔽无余！”（《出路》）而戴平万不屑在黑暗里偷生，甘为时代澎湃潮流中“一颗比较忠实的沙粒”。戴平万（1903—1945）饮着韩江水长大，最终成长为一名坚定的共产党人、无产阶级革命者与优秀的作家。其创作多以反映劳苦人民生活与革命斗争情况为主题，叙事有力，抒情炽烈，很能号召革命者与普通群众的斗争热情，对当时社会的黑暗深具揭露作用。他的一生，“说话不多，比较严肃，但处处都能以身作则。他的一生是平易近人”（林淡秋夫人唐康回忆）的一生，是为真实、为真理写作的一生，是为家乡、为自由、为和平而奋斗的一生。戴平万笔耕不辍，用扎扎实实的行动树起了革命文学的红旗，在朝阳要起不得起的残夜，如一只报晓的雄鸡，凭一己之力，唤醒了那些在象牙塔里酣睡的文弱书生。

一、觉醒：一个文学战士的初试啼声

1903年，戴平万生于广东省潮州市潮安县归湖乡溪口村（今潮安区归湖镇溪口村）。这是一个书香世家，祖父、父亲都有文名，父亲为他起名戴均，取“平均”之意，在小平万身上寄托了朴素的民主要求。15岁的戴平万考取了省立潮州中学校，结识了后来与他并肩作战的革命挚友洪灵菲，也是在这里，他埋头苦读，顺利拿到了国立广东高等师范学校的入学通知书。大学期间，戴平万徜徉于中外文学的海洋之中，不断开拓思想的原野，并参加了潮汕进步文学团体“火焰社”。其间，他也如饥似渴地阅读进步书刊，接受新思想的深刻洗礼，1924年，24岁的戴平万加入了中国共产党。次年，他参加了五卅反帝爱国运动中的示威游行，队伍行经沙基一带时，遭到英法军队的机枪扫射，现场死伤严重，史称“沙基惨案”。这一触目惊心的经历，使他深切感到中国人民要解放，就务必要把反帝、反封建的斗争进行到底。从此，戴平万就立下了为革命事业奋斗的誓言。1927年，被派驻暹罗（今泰国）工作的戴平万在“四一二”反革命政变后遭到通缉，遂和自新加坡流亡而来的洪灵菲一道归国，奔赴广东海丰、陆丰地区，融入当地农民运动的热潮之中。起义失败后，他们前往上海，从事创作和党的宣传工作。在这里，戴平万、洪灵菲和蒋光慈、钱杏邨、夏衍、殷夫、冯宪章等同志成为思想同盟，在无产阶级革命文学社团太阳社中，在《太阳月刊》《新流月报》《拓荒者》《海燕周刊》《海风周报》上，以笔为刀，刺破国民党反动派和帝国主义的虚伪面具，和“白色恐怖”展开艰苦卓绝的斗争。

《小丰》是戴平万早期的重要作品，原载于1928年5月《太阳月刊》五月号，讲述了夜校学生小丰在参加五卅运动的示威游行、直面沙基惨案的残酷后，深刻认识到了帝国主义的可憎面目，决心通过开会、演讲、发传单等方式，鼓励大家联合起来，“把那个黑巨人（指帝国主义）砍作肉酱”的故事。小说一经刊出，即受好评，王哲甫、钱杏邨等都很认同《小丰》中对儿童形象的生动塑造。作品的成功，主要在于小丰的性格被塑造得丰满、活泼、有少年气，而这种立体的塑造，源于作者充分把握了少年认知世界的过程：游行前，小丰对革命、对帝国主义并无太深的理解，只知根据先生的话照葫芦画瓢，而在经历残忍恐怖的枪杀事件身心受到剧烈震荡后，小丰的第一反应是惊恐，再向母亲寻求安慰，最后听到父亲要去开会商讨反抗的法子时，不顾自己胸膛受伤，也爬起来想去开会，其情绪转变不仅细腻、自然，而且极富感染力，读者绝不会质疑他愤怒的真实与否、革命决心的坚定程度。此时的小丰，已经意识到斗争的必要性，更急切地想投入其中，对于反帝运动，他已由懵懂的跟随者变成了积极的参与者。在艺术手法上，作者选择了一种从容的叙事方式：作为一篇写作目的明确、希冀发挥出其政治宣传功能的小说，作者没有直接从示威游行的画面切入，而是选择从小丰的一天开始写起，先描述他早晨起来，和父亲、母亲吃粥、聊天的景象，这样的闲笔，使行文更加游刃有余，没有因其政治功能变得机械、苍白，也使小丰的形象更有活力，更能令读者把他作为一个真实的人去接受、去代入，更容易对他的革命热情产生共鸣。

同样写于1928年的《出路》，戴平万将他的家乡潮安县作为故事背景地点的原型，以自己的逃亡经历为素材，讲述了革命者“我”在逃亡途中借住于君家里，倍加“思家”“怀乡”，虽舍不得衰老且没有生计来源的母亲，却毅然在短暂的重逢后违背母命，继续投身革命。这一虽牺牲却不悔的故事，既是戴平万的自况之作，也是抒发对母亲、对家乡深浓爱意的一阕短歌。发表于同年的《流氓馆》，着力叙写了南洋的华侨知识青年精神上的痛苦与贫乏，生活上的困窘、颓废与挣扎，呈现出当时华侨在南洋饱受压迫与歧视的生存景象，南洋社会腐朽混乱、当权者利用革命排除异己的黑暗时局，与知识青年无处可去、报国无门的苦闷、无奈。当写到“流氓馆”中的人前去妓院，倾听妓女“猩红的生命史”时，戴平万多用粤方言来记载“流氓”们与广州籍妓女的对白，一方面增加了小说的地方风情与阅读趣味，似乎是作者心系家乡、难忘故土，因而不自觉地叙写南洋一带具有岭南风情的人、事的佐证；另一方面也符合他自己“为真实”的审美主张，使小说中的场景免遭北方官话的篡改，更显生动，更具有“史”的价值。总体而言，戴平万的早期创作可圈可点，虽然《小丰》等篇目中仍不免流露出说教的痕迹，但他取材于实际生活，善于捕捉人物的心理转变，长于寻找别具一格的叙事视角和切入方式，讲求叙事的真实性、逻辑性、丰富性的写作风格，已经初露端倪。

二、呐喊：栽种无产阶级文艺“花蕊”

20世纪20年代末，作为“‘左联’筹备小组”成员，戴平万、洪灵菲和鲁迅、蒋光慈、钱杏邨、柔石、冯雪峰等一道，展开了前期的筹备工作。1930年3月，中国左翼作家联盟于上海成立，在“文艺大众化”的方针指导与自我要求下，戴平万的创作开始大放异彩。这一时期，他的《陆阿六》（1929）、《村中的早晨》（1930）、《新生》（1930）等都反响不俗，《村中的早晨》更被蒋光慈选入1930年的《中国新兴文学短篇创作选》第一集中。其后，为躲避国民党反动派的文化“围剿”，戴平万暂时搁笔，在侦探密布、空袭频繁的情况下，仍常常到码头工人和学生中间组织集会、张贴标语，艰难险阻中也不坠革命之志。1933—1934年，戴平万被党中央派遣到哈尔滨进行地下工作，这段经历后来成为戴平万《苦菜》《佩佩》《哈尔滨的一夜》《霜花》《万泉河》等大量作品的宝贵素材。1934年，戴平万被日军逐回上海，至1936年初“左联”解散，他始终高举着左翼文艺的旗帜，组织学生开展救亡运动，为无产阶级革命文学栽种了许多生命力旺健的文艺“花蕊”（钱杏邨语），给深受帝国主义和国民党反动派双重压迫的普罗大众带来一缕希望。

《陆阿六》原载于1930年1月《拓荒者》第一卷第一期，从陆阿六的童年讲起，娓娓细述他作为一个农民承受的压迫，和作为一个革命战士觉醒的过程。戴平万不但对主人公从无意识的愤慨到有意识的反抗、有组织的战斗的过程展开了有层次的细腻描述，对传统农民粗鲁中不乏温情的家庭关系，也有耐心而含蓄的刻画。通过捕捉阶级意识、革命意识对农民的影响，从而整体地描摹农会的成立、反帝反封建思想的传播给农村带来的变局。作者所塑造的陆阿六，不是顶着农民身份的、孤立的、平面的、单薄的“革命”演员，而是一个在传统宗族社会与旧式家庭中保存着心中抗争的野火成长起来的战士，并最终转变了父亲的态度，让曾经撕破农会标语的“老陆”，最终也默许了儿子到农会工作，不再强求他到地里来帮自己的忙了。作为一个农民和革命者结合的典型，陆阿六反抗的不仅是交不起高额租税、家畜被夺的不公待遇，更是自己一家“和猪极其接近的”、任人宰割的命运，是庄稼人生来低地主和官员一头的既有秩序。他对革命的认识或许浅显，认为“帝国主义便是洋人”，但其热忱却绝不逊于那些能将革命理论讲得头头是道的知识分子。戴平万坦诚地面对农民的浅白与率直，由此赋予了陆阿六真实的、质朴而强悍的力量，这种农民形象不止在当时具有宣传作用，到今天仍然具有应该被重新评估的审美价值。

“左联”时期，戴平万比较出色的作品还有《都市之夜》（1930）、《村中的早晨》（1930）。《都市之夜》讲述了一个“洋行的走狗”的第五房姨太太，想要把十二三岁的女儿嫁给一个大学生租客，而自己又不断地诱惑这个大学生的故事，体现出旧社会因向往美好生活、从乡村来到都市的女子的可怜、可悲、可恨。可怜在于她的无助，没有稳定收入来源，去问情夫要自己和女儿的家用，还要遭受虐打，得不到他人的关心与爱；可悲在于她的无知，没有文化，只知“以肉换钱”这唯一的生存方式；可恨在于她的不思进取，没有尝试过外出工作、自力更生，归根结底仍是社会的蛀虫。在这一短篇中，戴平万呈现出他一贯的、捕捉人性复杂之处的敏锐眼光。《村中的早晨》则从革命者“阿荣”的父亲“老魏”的视角切入，揭示了革命者及其亲人承受的环境压力，既批判了“官府”的贪腐与跋扈，又隐晦地点出“元昌兄”等村人作为“沉默的大多数”给革命带来的无形阻力。这篇小说角度别致，没有一味地大唱遍地光明的虚假赞歌，但又给了革命者的家人、受压迫的农民老魏以“也许儿子不会把我忘掉了”的希望，与对林尾村终有一天能脱离“白色恐怖”的期待。戴平万在追求写实的同时，也不忘给苦难中的人们一点温暖的色彩。戴平万这一时期的创作，虽然还不能完全摆脱说教的口吻，但保持了贴近真实、讲求叙事技巧、心理描写深入而细致的优点。同时，他的人物塑造更加有力，即使从女房东、老陆、老魏等配角身上，我们也可以看见光与暗、善良与愚昧的并行不悖，感受到作者的哀伤与同情，而非单一的批判、轻蔑。无论在人物的类型广度，还是性格深度，戴平万都展现了更丰富的可能。

三、救亡：从“孤岛”启程的文艺抗争之路

1936年初，“左联”的历史使命走到了尽头，但戴平万不放弃对文化救亡的执着。1937年上海沦陷之后，他仍驻守“孤岛”发动爱国学生

和青年职工，组织座谈、讲演、办报，积极为党吸纳有生力量。其间，戴平万曾在上海文化界救亡协会组织部工作，参与《救亡日报》《上海人报》《每日译报》《文艺》《文艺新闻》等多种报刊的筹办、编发，刊出了《关于国防文学之我见》（1936）、《报告文学者应有的认识》（1938）、《1940年上海文艺界展望》（1940）等思想明确、立场坚定的评论文章。满怀“拯救中华民族危难，舍我其谁”的豪情，1940年11月，戴平万遵照党的指示，前往苏北根据地工作，直至1945年不幸落水逝世，他辗转江苏多地，负责过《抗敌报》的编发和党校日常工作，著有小说集《苦菜》、译作《求真者》、短篇小说《裕兴馆》等。为党的发展、为国家的独立、为人民的发声、为“人民的文学”之勃兴，他所做出的牺牲和贡献，是难以想象的，是不可磨灭的。

《佩佩》原名《满洲琐记》，原载于1936年6月10日《光明》创刊号，讲述了一个活泼、健壮的高丽姑娘如何在歧视中艰难生存，坚持不出卖肉体，靠自己辛勤工作生活，却又被工厂无故解雇，最终走上“一个没有国界的女战士”道路的故事。戴平万在作品中显示了他超出狭隘民族主义与时代限制的广阔眼光，流露出他对底层穷苦百姓一视同仁的悲悯，对失序的、不公的社会现实的憎恶，发出反抗压迫与歧视的斗争应不分国界的深刻见解。发表在1941年的《哈尔滨的一夜》，写“我”到哈尔滨的第一天，结识了女战斗英雄桂英，两人为了避免间谍的怀疑，在半夜出门假扮情人约会的故事。于两人的对话中，既有中国人横遭烧杀掳掠的惨状、义勇军奋起杀敌的战况，也蕴含着“因为人类彼此间，本来是没有仇恨”的人道主义关怀，这和《佩佩》是异曲同工的。发表在1941年的《苦菜》，则以更尖锐、更鲜明的愤怒，书写了东北农妇李老太太想去摘有刺、味苦、不算上等蔬菜的苦菜，给全家人充作一顿美餐而不可得，被日本军的哨兵戏弄，扔掉满篮的苦菜，被剥去衣服羞辱，最后绑在树干上被枪杀了的故事。这一短篇不过三千字，但传达出对牺牲者的无限悲哀，对侵略者的无限仇恨，尤为精悍、有力。

值得注意的是，这一时期戴平万的作品践行了他为真实、为真理而写作的理念。戴平万尝试全面地、多角度地去回顾哈尔滨所发生的一切：他相信“一个报告者，他只要说出真实”，并不会为了宣传的需要而扭曲现实，从而使得他的写作，绝非杜运通、杜兴梅所说的“阶级分析的二元对立思维模式”，而获得了一种更宽阔、更深刻、更持久的视野；他还相信，“一个报告文学者的写作态度，要具有爱真理的热情，要从一切表面的事件中看出其共通的利害来。要不违背历史的发展方向，要为促进历史的进展而斗争”，这又使得他的写作，始终充满了对革命的热忱、对封建制度、反动阶级与帝国主义的痛恨，是一种具有血肉、具有良心的书写。

回顾戴平万斗争的、光辉的一生，我们不难发现，他的革命热情之所以长燃，其原因之一乃在对真理的热爱，由此不懈笔耕，希望将真理的火种埋进每一个读者心中，呼唤大家起来为捍卫真理、重获自由而战斗。“这样可怕的故乡，非我梦里的故乡，亦非我所渴望的故乡。我的美丽的归思，早已化作悲愤的心情了！万君呀，我知道了，我现在更确信了！——在红光灿朗的太阳还未能照遍大地时，不独不能值到回乡的美梦；就是全地球，全人生都没有安乐的日子的呀！”（《出路》）作者由家乡的热爱，推己及人，愿革命成功后，全中国的革命战友、全世界的贫苦百姓，都能为在自己的家乡过上自由、幸福的生活而努力。其作品有如沉沉暗夜里的一道闪电、万籁俱寂中的一声惊雷，使我们在战争的血与火早已远去的现在，仍能从阅读的审美体验中产生心灵与情感的共振。做一个永远向上的、苦斗的人，是戴平万留给我们的历久不衰的启示。

第三节 冯铿：素心开作岭头梅

冯铿（1907—1931），女，又名占春、岭梅，原名冯岭梅，广东潮州人，民国时期潮汕最著名的女作家，“左联五烈士”之一。1929年春到上海，同年5月加入中国共产党。1930年加入“左联”，并于同年5月参加中国苏维埃区域代表大会。1931年初在上海东方饭店被国民政府逮捕，随后被枪决，死于龙华狱中，是“左联五烈士”中唯一的女性作家。代表作品有政论文《破坏和建设》《妇女运动的我见》；小说《重新起来！》《最后的出路》《红的日记》《月下》；诗歌《深意》《你赠我白烛一支》；散文《开学日》《夏夜的玫瑰》等。1986年其著作集《重新起来！》出版。

一、誓做傲雪岭上梅

1907年11月5日，冯铿降生在潮州一个知识分子家庭，父母兄长皆以教书为生。冯家祖籍浙江杭州，清末随祖移居至广东省潮州府海阳县云步村（今潮州市潮安区枫溪镇云步村），及后迁至汕头市。冯铿在家中排行最小，因恰逢农历十月初十生，大哥冯印月借用唐代樊晃的诗《南中感怀》：“南路蹉跎客未回，常嗟物候暗相催。四时不变江头草，十月先开岭上梅。”给小妹起了一个颇为文雅的名字：岭梅。又因她刚出世便手舞足蹈，像极了螃蟹，母亲又给她取了一个可爱的乳名叫蟹，小时候家里人便一直叫她“阿蟹”，这倒颇为形象地表现了她日后性格的某些侧面。

生长在这样一个书香浓厚的传统知识分子家庭里，冯铿从小就喜读诗书，酷爱文学，在父母及兄姊的引领下，她8岁就开始阅读《水浒传》《红楼梦》等古典小说和林译小说。对于书中沉甸甸的传统文化，她并非全盘接受，而是在汲取精华的同时形成自己的思考，在这个过程中逐渐形成具有批判精神的个性，率真刚强，爱憎分明。据说冯铿孩童时有一件趣事，有一天父亲带着她一起读书，看她读得津津有味，父亲便问她：“你长大后愿意做古文家吗？”冯铿却犀利地回答：“像爹一样博学，却落得‘冬暖而儿号寒，年丰而妻啼饥’，做古文家有什么用？”冯铿的过人早慧和文学天赋让父亲惊诧不已。

除了父母的影响，三姐素秋亦是冯铿成长过程中不得不提的人物。素秋能吟会诵，颇有才情，不仅教冯铿读旧体诗词，给她讲古代英雄美人的故事，还以身作则，给小妹展示了一个女性反抗压迫的生动例子。1917年，素秋因追求自由恋爱，追求婚姻自主，受到封建礼教的百般阻挠，但她选择抗争，勇敢地对封建包办婚姻说“不”，轰动了整个潮州城。虽然这场“爱情保卫战”最后取得了短暂性胜利，但是在旧道德的进一步压迫下，素秋31岁便因压抑染病亡故。三姐临终前对冯铿说：“我们做女人的受罪特别深，你要有志些，将来替女人复仇。旧礼教真像猛虎……你要学武松。”姐姐的命运悲剧和封建社会阴霾下的潮州女人的惨遇，给少年时代的冯铿留下极深的印象，这也使她更加向往自由，对一切压迫的不公现象深恶痛绝。

少年早慧，冯铿把底层女性的悲惨遭遇看在眼里，并在心中埋下了不妥协的火种，面对压迫，勇敢抗争，誓做傲雪岭上梅！南国岭东，潮州城下，滚滚的韩江水正孕育着一位才华横溢的女作家，一位伟大的无产阶级斗士！

二、锋芒尽显翰墨间

1921年春天，14岁的冯铿进入汕头友联中学学习，不久后开始展现出文学创作才华。她早期的作品主要发表在《友联期刊》、《时报》副刊、《岭东民国日报》副刊等当地文学刊物上，多为白话小诗和散文小品。这些早期的创作抒情色彩较浓，既有对家乡景色的赞美，对大自然的感怀，也有对青春爱情的歌咏和美好向往。

在广东省汕头市档案馆保存的冯铿烈士档案中，有一首冯铿手书的古体小诗《夏日即事》：“幽梦初回书坠地，瓶花相对淡无言。斜阳一抹胭脂色，荔果枝头熟更繁。”展示了她早期文学创作的美学特点；现代诗《月儿半圆的秋夜》《你赠我白烛一支》分别表达了纯粹美好的亲情和热烈缠绵的爱情；随笔《休假日游记》中写：“到了一处，车要经过一条很长的木桥，下面是外砂江。到了桥的中间，一望这浩漫的江水，都是砂红色的，一阵阵的翻起波浪，雪洁的白鹭，翱翔在天空海上。呵！这是如何美化的富有诗意的自然呢？”字里行间是韩江沿线如画风景，表达了对故乡山水的热爱……如今，当我们再回过头来看冯铿这些早期作品时，也许会发现其写作技法不够成熟，表达内容亦不够丰满，但在那个新文化运动兴起不久的年代，无论是对冯铿本人还是对现代文学来说，这都是一个值得肯定的尝试，为后面的创作高峰奠定了坚实的基础。

1925年春天，冯铿进入友联中学高中部学习，这是她人生道路上一个新的起点。此时革命浪潮风起云涌，潮汕地区成为国民革命的中心之一。韩江卷起了怒涛，潮汕随之咆哮，平静的校园生活被如火如荼的学生运动所取代，冯铿深受革命热潮的鼓舞，凭借着高涨的革命热情和出色的文学才华，被选进汕头学生联合会，开始参加学生运动，为革命呐喊助威。她就像一只海燕，带着青春的热力鼓振起稚嫩的翅膀，勇敢地冲进大革命的风浪里。在此期间，冯铿发表了《国庆日的纪念》《破坏与建设》等近10篇议论文章，书写了她对社会斗争的思考，文章矛头直指盘踞在潮汕地区的军阀，谴责他们争地盘、谋私利，不顾人民死活，辜负辛亥革命先烈们用头颅和鲜血换来的“一线光明”，使国家和人民陷入更加贫弱的境地。在这些作品中，冯铿极力号召广大青年，要抱着献身的决心和大无畏的精神，披荆斩棘，不顾一切！

作为一个初出茅庐的中学生，冯铿对政治的洞察力可谓入木三分，分析鞭辟入里，她这一时期的作品具有鲜明的革命性、战斗性和初生牛犊不怕虎的大无畏精神。在那样一个风起云涌的革命年代，她有着“同学少年”的青春热情和果敢气质，以锋芒的笔杆作为战斗武器，与反动势力抗争到底。她始终相信，文学不仅可以为革命摇旗呐喊，也可以点燃人民心中的火焰。

三、红梅踏雪寻出路

正如她的名字一样，十几岁的冯铿就像一株铿锵的红梅，她曾愤慨而言“我从不把自己当女人”，因为她深知封建礼教对女性的迫害。她想为女性寻找一条“生”的出路，因此对妇女解放运动十分关注。她在

1925年第5期《友联期刊》上发表评论《妇女运动的我见》，控诉封建礼教坑杀一代又一代的中国女性，向女性呼吁"自己的痛苦，要仗自己来解放。要革去女性全体的痛苦，更须集合全体的女性的力量，才能成功"。她清醒地认识到封建礼教、不平等的婚姻制度和男权社会制度是导致女性悲惨命运的根源，因此她在控诉传统妇女悲剧的同时，也在积极探索新女性的出路，堪称妇女解放的先锋。

冯铿对妇女命运的关注，在其小说作品中表现得淋漓尽致。《一个可怜的女子》讲述童养媳香姑的悲惨境遇，她长期遭到婆家的欺辱压迫，无力摆脱非人的折磨，最终跳河自杀以求解脱；《月下》描述了一个新婚年轻媳妇的精神痛苦，丈夫是纨绔子弟，婆婆用森严的封建礼节来囚禁和束缚她："伊现在的生活，是和奴隶，囚犯，木偶……一样的！""伊只好和蛰伏着的昆虫一般，除三餐吃饭的地方，和早晚到家婆尊长处问安外，终日只有密坐在房里缝衣，连说话的人都没有。"[①] 通过对传统女性命运悲剧的描写，冯铿对封建礼教发出了极为凄厉的控诉，揭露了封建文化和男权制度对女性的戕害。"唉！当这女权伸张，人道盛倡的二十世纪，尚有此等怪剧出现，我们应该快谋救护的法子呵！"这一声"救救女性"的呼喊，表达了作为一个女性的冯铿对封建婚姻制度的反抗，对封建礼教的猛烈抨击。

1926年底，冯铿从友联中学高中部毕业，但她对妇女解放的关注没有就此停下。在随后颠沛流离的逃亡路上，她写下了中篇小说《最后的出路》，这篇带有自叙色彩的作品，讲述了潮汕一个传统家庭的小姐郑若莲从富贵安逸的传统生活中觉醒，受到五四女性解放思潮的影响后最终走上革命道路的故事。"真正的新妇女是洗掉她们唇上的胭脂，握起利刃来参进伟大的革命高潮，做一个铮铮锵锵，推进时代进展的整个集团里的一分子，烈火中的斗士！"小说主要以郑若莲的女性意识觉醒为题材和线索，揭示了20世纪二三十年代新女性所面临的困境和社会问

① 冯铿：《月下》，中国文史出版社，2016，第5页。原载于1925年9月汕头《友联期刊》第4期，署名冯岭梅。

题，寄托了冯铿自己的人生理想，指出女性最后的出路是走上革命，因而表现出鲜明的现代女性意识。

阅读冯铿的作品，我们会发现在她并不算漫长的写作生涯里，大部分的作品都是以女性为主角，书写女性命运，追求妇女解放。她从潮汕社会生活的角落里奏响传统女性的哀歌，勾勒出时代女性的姿态，这也标志着其思想和文学创作水平已达到一定的高度。

四、零落成泥香如故

1929年2月，在潮汕地区多次辗转后，冯铿与许美勋来到当时全国革命文化的中心——上海。到上海后，冯铿投靠了洪灵菲、戴平万、杜国庠三位潮州老乡，他们当时都是我国创作革命文学的中坚作家。1929年5月，在杜国庠、柯柏年的介绍下，冯铿加入中国共产党。

1930年3月，中国左翼作家联盟在上海成立，冯铿作为首批盟员之一出席成立大会，在“左联”任职期间，冯铿以一个青年党员的战斗热情，积极投入到对敌斗争中去，成为“左联”的骨干成员。她不仅参与联络工会、宣传群众等工作，还创作了不少文学作品，诗集《春宵》、随笔《一团肉》、短篇小说《遇合》《突变》、中篇小说《重新起来！》等都是这一时期的重要作品。其中最具代表性的《红的日记》《小阿强》，是我国现代文学史上最早一批直接反映革命根据地斗争和热情讴歌红军战斗的文学作品，是中国现代“从军日记”文学系列中值得人们注意的优秀作品。《红的日记》以红军女战士马英的六天日记为主线，描写了红军战斗、发动群众等工作，作品没有对马英这个形象进行精细刻画，而是以革命激情贯穿始终，表达了对红军的热情歌颂，充满着革命乐观主义精神；《小阿强》则描写了苏区一个少先队队长的英勇事迹，是一篇优秀的儿童文学作品，至今在现代儿童文学史上都占有特殊位置。

冯铿这样一位年轻优秀的女性作家，当读者大众还在阅读回味她的作品并对她未来的创作表示期待的时候，不幸的消息却传来了。1931

年1月17日晚，冯铿等人在上海东方饭店开会商讨党内事务时被英国巡捕扣押，随后被“引渡”给国民党上海当局。在龙华狱中，无论是面对敌人的严刑拷打，还是高官厚禄的利诱，冯铿都没有低下头颅。这位从小就性格刚强的潮州烈女，以坚贞不屈的姿态，与敌人针锋相对，抗争到底！

同年2月7日，冯铿等24位青年革命者被国民党反动派当局秘密枪杀于龙华淞沪警备司令部，同时牺牲的“左联”文学青年还有柔石、胡也频、李伟森（又名李求实）、殷夫，史称“左联五烈士”。据目击者称，他们在生命的最后一刻，还集体高唱《国际歌》，大义凛然，视死如归。冯铿身中七弹，尤为惨烈，在这罪恶的枪声中，她将一片赤诚丹心留给了党和人民，带着愤恨和不甘永远远去了。鲁迅先生对冯铿、柔石等青年作家被害的事，一直愤意难平，为此写下著名的文章《为了忘却的记念》，抒发了对冯铿等烈士的深切怀念，同时对反动派屠杀革命作家的卑劣行为予以严厉谴责，文章写道：“我沉重的感到我失掉了很好的朋友，中国失掉了很好的青年。”

“零落成泥碾作尘，只有香如故。”这株岭南的梅花，潮汕人民永远的女儿，24岁就凋零了。但她盛放过、灿烂过，她以笔杆为武器，以文章作战场，为无产阶级革命燃烧了自己的生命火焰。我们将会永远铭记这段历史，铭记潮州烈女冯铿。她一生的光辉连同她留下的文学作品，将永载史册，给予后人芬芳。

第四节 陈波儿：铿锵玫瑰绽放在抗战一线

1934年，初涉影坛的陈波儿第一次走进摄影棚，在初掌导演筒的姚苏凤的指挥下，与同样年轻而缺乏银幕经验的姜克尼、赵丹上演对手戏，奉献了一部朝气蓬勃的银幕处女作——《青春线》。那一年，中国电影的黄金时代正刚刚拉开帷幕，杰出的电影人似潮水般一波接一波涌来，陈波儿是其中的一个。陈波儿（1910—1951），原名陈舜华，字棠秋，广东潮州人，无产阶级文艺战士，电影演员，导演，人民电影事业的领导者和奠基人。代表作品有《青春线》《桃李劫》《生死同心》《八百壮士》等影片，塑造了中国电影史上诸多生动鲜明、广受好评的银幕形象，被誉为“潮州小姐”。她心系天下，在民族存亡关头毅然投身抗日救亡的洪流，足迹踏遍上海、绥远、南京、延安、重庆，坚持不懈地进行宣传工作。除了演员外，她还拥有其他头衔：导演、编剧、女战士、人民艺术家……她不骄不躁，锐意进取，陈波儿的一生可以说是一场跋涉千里的旅途，从家庭的樊笼到学校的大门，到戏剧的舞台，再到革命的战场，她的步伐从不停歇，她的天地越走越宽。不妨让我们撷取陈波儿四十载生命中经历的点滴，涂抹在纸上，看她是一位多么血肉丰满的人物。

一、从掌上明珠到革命少女

1907年7月15日，正值南国闷热的夏天，陈波儿降生于潮州海阳县庵埠镇（今潮安区庵埠陈厝街）一个富足的华侨商人家庭里。父亲陈湘波是做干果批发生意的商人，家境殷实，老来得女让他尤为高兴，将女儿视为掌上明珠，疼爱有加，因此陈波儿自小就有机会接受很好的教育，也造就了她不同于传统女性的特立独行、敢想敢干的性格。

陈波儿天资聪慧，在她5岁的时候，父亲就送她去离陈厝街不远处一家名叫“水天方书屋”的私塾学堂上学，教书的老先生经常给孩子们讲古代人物故事，有一次讲到唐代政治家、文学家韩愈的《祭鳄鱼文》，讲了这位潮州刺史的功绩，韩江名字的由来，韩山的故事……这些都给陈波儿留下了深刻的印象，也在她幼小的心灵深处埋下了长大为民做好事的种子。二哥陈述猷也经常给她讲一些带有思想启蒙意味的故事，从那时候起，她便渐渐受到启蒙思想的熏陶。

1921年，年仅14岁的陈波儿只身来到福建厦门求学，就读于陈嘉庚先生创办的“集美女子师范学校”，一年后，转读南京的江苏基督女子中学；1927年，她就读于上海晏摩氏中学，在此期间结识了中国农民运动先驱彭湃，并因为参加革命活动被校方开除，再次回到家乡庵埠。在庵埠，她认识了进步青年梅公毅和任泊生，在他们的引导和鼓励下，于1929年转入上海艺术大学，从此走上了革命道路。“波儿”也是她离开潮汕进入大学后自取的名字，取“布尔什维克”旧译名“波儿塞维克”之词头，以表示她的革命志向，又借以表示她对父亲陈湘波的崇敬，具有双关之意。

在上海艺术大学学习期间，积极好学的陈波儿加入了恽代英、邓中夏领导的革命团体“中国济难会”，也参加了鲁迅先生等发起的“中国自由运动大同盟”，随后又加入创造社创办、中共直接领导的上海艺术剧社，该社后来发展为著名的“左翼戏剧家联盟”。陈波儿在剧社参与了很多剧作的演出，并随着外国进步名剧《炭坑夫》《梁上君子》《爱与死之角逐》的公演，担任主角的波儿开始在话剧界崭露头角，在积累了越来越多的话剧表演经验的同时，也收获了越来越多的肯定和掌声。在远离家乡的十里洋场上海滩，陈波儿完成了从富家小姐到进步革命少女的转变，成为中国革命戏剧最早的演员和戏剧界名人，也因此被列入国民党特务搜捕的黑名单。

二、从闪耀影星到延安丽人

出演话剧只是陈波儿艺术道路的开端，因其出色的表现和发自内心的热爱，1934年4月，在郑伯奇、夏衍、钱杏邨等几位从事左翼电影的前辈的帮助下，陈波儿正式加入明星影片公司，出演电影《青春线》的女主角沈兰。大获成功后又与当时著名的男影星袁牧之展开首次合作，饰演《桃李劫》中的黎丽琳，影片一播出就激起巨大波澜，引起广大知识青年的共鸣。《桃李劫》还获得“苏联（国际）影展冠军奖”，由她原唱的电影主题歌《毕业歌》也迅速流传，鼓舞着万千青年奔赴民族解放的战场。

陈波儿后期主演的两部电影《生死同心》和《八百壮士》也堪称中国电影史上的经典之作，尤其是以上海“八一三”抗战为题材的影片《八百壮士》，由她饰演的童子军旗手杨惠敏，最后在枪林弹雨中冒死送旗的场面极具震撼力，非常打动人心，升华了影片的爱国主义主题。陈波儿以真实而富有激情的表演，成功塑造了爱国少女的光辉形象，被誉为“潮州小姐”，一时间风头无两。成为耀眼的左翼电影明星，这种荣耀是当年潮州庵埠的小舜华所无法想象的，然而她没有沉溺在外界的鲜花和掌声里，而是以明星的影响力迅速投身到轰轰烈烈的抗日救国运动中去。从此，她不再只是电影战线上的女杰，更是抗日前线上的巾帼英雄。

1935年12月9日，北平爆发了“一二·九运动”，全国掀起抗日救国的热潮。沈钧儒等“七君子”要求抗日救国，却被国民党反动派当局逮捕入狱。陈波儿与宋庆龄、何香凝等16位爱国人士联名上书，要求释放“七君子”，否则，愿与“七君子”同罪同罚。通过给国民党反动派当局施加压力，最终成功解救了“七君子”。在这场斗争中，陈波儿奋不顾身、一往无前的斗争精神，赢得了人们深深的敬意。在宋庆龄的支持下，她还参与组建“上海妇女界救国会”，为团结职业妇女开展抗日救亡工作积极奔走。1936年11月，当收到傅作义将军的部队一举攻克被日军占领的“百灵庙”这一喜讯时，陈波儿立即发起并组织“上海妇女儿童慰劳团”，奔赴绥远前线慰问抗日将士。1938年冬天，中央决定由陈波儿率领“战区妇女儿童考察团”到华北敌后开展工作，她两次渡过黄河，六次越过敌人的封锁线，先后在晋西北抗日根据地、晋察冀边区、晋东南根据地进行调查研究、演讲宣传。

这样一个温柔如水的女性，在穿越枪林弹雨，将生死置之度外的时刻，早已忘记自己曾是光芒万丈的电影明星，牢牢记着自己作为一名无产阶级战士的使命。路途艰险，不畏前行，即使战场的硝烟让那张曾经只沾水粉胭脂的脸变得饱经沧桑，也没有人会否认她的美丽，她是战火纷飞里的延安丽人，是刚烈带刺的铿锵玫瑰，是抗日战场上最靓丽的风景线。这段苦难而动人的烽火岁月，将被后人永远铭记。

三、从编剧、导演到中国电影奠基人

1942年5月，陈波儿参加党中央召开的延安文艺座谈会，在会上聆听了毛主席的讲话，并与毛主席一起合影，她决心在艺术实践中贯彻座谈会精神。她先是协同姚仲明修改《同志，你走错了路！》的剧本，并担当导演，在组织的领导和协助下，演出最终大获成功。然而在这一时期，陈波儿同志就已经查出了心脏病，曾两次晕倒在排练场。为了党的艺术事业，她将自己的身体健康抛之脑后，像一颗垂泪的红烛，燃烧自己来照亮伟大祖国的电影艺术发展之路。

1949年新中国刚诞生不久，陈波儿又奉调进京，担任初创的电影局领导工作，在她的组织调动下，仅一年时间，新中国就拍摄了《赵一曼》《钢铁战士》《白毛女》《翠岗红旗》等26部故事片和一批新闻纪录片，显示了新中国革命文艺的旺盛生命力。她把自己的生命奉献给了这些作品，奠定了人民电影宏伟殿堂的基础。这期间，她还倾心思考新中国电影事业的长远未来，倡议创办中央电影学校（即北京电影学院前身)，亲自制定教学方针，配备工作干部，并抱病到表演班上课，关心同学们的学习和进步。在她的倡议下，中国第一所电影艺术干部学校于1950年成立，开启了人民电影教育事业的新纪元。

"要先当一个革命家，再当艺术家"，这是陈波儿作为一位人民艺术家的崇高追求。她为了表演艺术研究费尽心力，为电影教育事业倾注全部热情和精力，尽管那时候她的身体已经很差了。1951年，陈波儿去广州谈珠江电影制片厂筹建事宜，事情办完后，因身体原因无法亲自回潮州，特意派人去把母亲接来，一同离开广州赴上海。在火车上，陈波儿对母亲说："从今以后，我不离开你。"没曾想，火车之旅竟成了永诀。抵达上海后，陈波儿在与专家会谈时突然心脏病发作，再也没有醒来。她就这样仓促地结束了她传奇的一生，那年她只有44岁。她的逝去对党和人民，以及对中国电影事业来说，都是一个极大的噩耗。她的一生短暂而富有价值，曾为救国呐喊、为革命鼓舞，也为革命文艺、中国电影和中国电影教育战斗。作为呕心沥血的人民艺术家，她为新中国电影事业鞠躬尽瘁，死而后已，成为所有中国电影人的人格典范。

正如她的名字一样，陈波儿的一生是波澜壮阔而又美丽传奇的，戏里戏外，她都做了精彩动人的诠释。戏里，她弯弯的柳叶眉和炯炯有神的明眸，成为那个灰暗年代里关于美的定义；戏外，她是铿锵有力的共产主义事业的积极拥护者，是抗战文艺界的模范先锋。我们常说人生如戏，如果把陈波儿的一生比作一场戏，那么自信、勇敢和爱国一定是这部戏的主旋律。她从富家小姐成长为革命战士，从电影明星成长为文艺战士，又从编剧、导演成长为中国电影事业的奠基人，陈波儿终其一生都在诠释她对祖国的信仰、对人民的忠诚、对艺术的执着。现在这出戏早已结束，但那个在人生舞台上发光发亮、鞠躬尽瘁的潮州佳人，永远为我们所铭记。

第五节　蒲风："葬我时，把我的头朝向南方"

"六月流火！/火在天空，/火在地上！火燃烧了王庄，火蔓延在各个村落上！"——今天，当我们重读蒲风的名作《六月流火》时，仍能真切地感受到这火一样的诗句，依然炙烤着辽阔的中国大地。蒲风（1911—1942），来自广东梅县。20世纪30年代先后加入中国共产党与"左联"，还与穆木天、任钧、杨骚等人在上海发起成立"左联"领导下的诗歌运动团体——中国诗歌会，提倡革命现实主义的创作方法。第二次国共合作时期加入抗日部队，后加入新四军，随军转战华东各地，曾任皖南文联副主任等职，为根据地的文化建设做出了突出贡献。1942年8月，当他以一名新四军战士的身份倒下时，年仅31岁。身后留下15部诗集、4部论文集、2部译诗。蒲风大力提倡和实践诗歌的民族化、大众化，诗歌风格质朴刚健。从以诗为武器到真正成为拿枪的诗人，蒲风一生都站在时代的浪潮之尖，以国家兴亡为己任。英雄已逝，人们仍深情地吟诵着他投身抗战的诗句："假如我战死，葬我时，把我的头朝向南方，朝向我亲爱的故乡！"

一、有志少年初长成

蒲风原名黄日华，1911年9月9日出生于广东韩江上游的梅县隆文乡坑美村。成长于一户贫苦农家，蒲风上有三哥一姊，3岁时父亲病逝，母亲含辛茹苦地维持家中生计。他在诗歌中对农民所受的压迫和苦难的深知与同情，也正是基于年幼时的生活经历。在辛亥革命的推动下，蒲风出生这年，梅县于11月实现了和平光复。梅县人素有崇尚文化、耕读传家的传统，清末民初时，随着新学运动的兴起，隆文一些私塾也一改传统课程，以"小学堂"的形式教授新学。处于大时代的动荡之中，加之家乡隆文深受"新学"影响，蒲风从小便耳濡目染。

蒲风少时读书用功，成绩很好。时值蔡锷将军云南起义纪念日，学生们要求放假以志纪念，提议被拒后学生们自觉罢课，蒲风也参与其中，这是他第一次参加学生罢课运动，爱国主义和反抗斗争的萌芽便在运动中生根、发芽。次年，从启文学校毕业后，蒲风选择到学艺中学——广益中学爆发第二次学潮而产生的"新学校"就读。在校期间，蒲风谈起国家大事每每慷慨而激昂，在"新学生社"和共青团组织的各项活动中，他也是一个积极分子。那时的广东学生界广泛流传着"读书不忘革命，革命不忘读书""读书不忘救国，救国不忘读书"的口号，蒲风对此身体力行。他如饥似渴地阅读"五四"以来的新文学书刊，并对诗歌产生了浓厚的兴趣。

1927年"四一二"反革命政变发生后，梅县党团组织成立了武装斗争委员会，发动各界群众参加大游行，学艺中学即游行队伍的先锋主力之一。梅县暴动取得成功不久，国民党便发起镇压，通缉参与人员，蒲风于是从县城潜回老家。革命受挫使蒲风异常悲愤，于乡间潜伏时写作《鸦声》。"惨白色的天空中/突有一只孤鸦飞过/'哑……哑'几声/它想要把所遇见的事情向人们传播……"这首诗旗帜鲜明地反映了大革命失败后中国风雨飘摇、生灵涂炭的悲惨状况，痛斥、诅咒了时代的灰暗，对光明的渴望和向往也寄寓其中。

随后，蒲风与三哥一同前往印度尼西亚，到大哥黄春华处避难。在那里，蒲风与寄居南洋的一批中共党员和青年志士合作出版了刊物《狂风》，并于《大公商报》《侨声日报》等媒体宣传革命。1930年，蒲风因南洋地下党组织联络点被破坏而回国，随后考入中国公学文史系，并结识了“左联”负责人洪灵菲、戴平万等一批进步革命青年。蒲风在上海就读期间，时刻关注国家形势，心系国家命运。“九一八”事变爆发后，蒲风与同学们一同参加了上海各界20多万人齐集的抗日救国大会和反日示威游行。在激烈的阶级斗争中，蒲风迅速成熟。行至弱冠之年，他对自己所处的大环境已有了一番深入的认知，从此，他就以诗歌为武器，战斗了一生。

二、中国诗歌会的“总干事”

1932年，日军在上海发动新的进攻，中华民族面临着愈加深重的灾难。作为学生的蒲风，深觉无论是否“罢课”都不是最佳出路，倍感困惑与苦闷。正当此时，蒲风少时的同乡同学任钧在上海参与“左联”的工作，经介绍，蒲风也加入了“左联”。当时“新月派”“现代派”等惯于吟风咏月，躲进象牙塔里写一些唯美的诗歌，回避现实，对此，“左联”中的年轻作者们经常一起开会，大家不约而同地表达对当时诗坛现状的不满。是年9月，由穆木天、任钧、蒲风等人发起成立了“左联”领导下的诗歌运动团体——中国诗歌会，旨在廓清诗坛迷雾，该团体提倡现实主义，宣传和致力于诗歌大众化，主张表现反帝、抗日的爱国情绪。中国诗歌会是在“白色恐怖”和文化“围剿”的恶劣环境下诞生的，作为发起人、倡导者和组织者的蒲风，被称为中国诗歌会的总干事。蒲风与诗友们共同创办了诗歌会会刊《新诗歌》，从此便长期投入刊物的编辑和发行工作中，该诗刊得到了文坛主将鲁迅的赞许。

蒲风以勤奋的诗歌创作呼应着中国诗歌会的理论主张。1933年，他的叙事长诗《茫茫夜》完稿，次年，将25篇诗作结集出版。这本处女作诗集《茫茫夜》，描绘了半殖民地半封建下中国农村的现实苦难，表达出诗人深深的同情，同时也讴歌了人民敢于斗争、追求光明的革命精神，为当时忧郁感伤风气盛行的诗坛开辟出新面貌。但时隔不久，诗集便被国民党反动当局查禁，蒲风也从上海返回故乡隆文。蒲风于归途中写下《海鸥》，借海鸥不知疲倦地翱翔表达出自己追求光明前景的坚定意志和信心。

值得一提的是，蒲风与诗友们发起成立中国诗歌会时，音乐家聂耳也时常到蒲风就读的中国公学参加活动。两人志趣相投，彼此启发，结下了深厚的友谊。蒲风与聂耳多次共同合作，两人都深刻认识到诗歌与音乐之间的“血缘关系”，这也即后来蒲风主张以创作歌谣形式，使诗歌便于谱曲和传唱的重要原因。

1934年，蒲风到日本东京参加“左联”东京分盟的活动，他始终坚持中国诗歌会的宗旨，经常与朋友晚上聚集谈论国内和梅县家乡的政治情形。1935年，蒲风将在故乡听来的一个悲惨故事加以提炼，创作了长篇叙事诗《六月流火》，揭露了国民党反动派的阴谋、罪恶，热情讴歌了已经觉醒的中国农民反压迫、反剥削的革命斗争精神。其时，中国工农红军刚走完二万五千里长征，诗人即以“咏铁流”予以礼赞：“铁流哟，到头人们压迫你滚滚西吐，/ 铁流哟，如今，翻过高山，流过大地的胸脯，铁的旋风卷起了塞北沙土，/ 铁流哟，逆暑披风，无限的艰难，无限的险阻！ / 咽下更多数量的苦楚里的愤怒，/ 铁流的到处哟，建造起铁的基础！”该作品对红军长征胜利这一重大事件致以崇高的礼赞，它充满了革命朝气，深受欢迎。它的风行恰恰说明诗歌反映出人民大众的心声。当然，也引起国民党反动当局的恐慌，国内发售后即被密令查禁。

三、一手握笔，一手拿枪

以诗歌为纽带，蒲风把自身的情感和国家的前途、人民的命运紧密相连。蒲风于1936年从东京回国，在上海短暂停留期间，创作出了脍炙人口的著名诗篇《我迎着狂风和暴雨》，诗歌描写了主人公迎着狂风和暴雨，热血沸腾，义愤填膺，慷慨陈词，倾诉爱国深情。整首诗刚健、雄壮，表现出中华儿女奋起抗日的坚强决心和大无畏的英雄气概。紧接着蒲风便由上海赴青岛，与诗友一同开展诗歌活动，创办《青岛诗歌》，极力主张宣传诗歌的大众化和通俗化。这年秋，蒲风到福建学院附属中学担任高中国文教员，于教学之余编辑了第一部国防诗集——《钢铁的歌唱》。诗集收录了他回国后创作的以国防为题材的诗歌，紧跟时代主题，以炽热的激情、通俗晓畅的诗风，传达出人民抗战的共同心声和坚定斗志。蒲风不遗余力地在学生中宣传抗日救国的爱国意识和战斗主张，同时也悉心培养青年诗歌作者，时常以诗会友，不亦乐乎。蒲风始终主张以民族的、大众化的语言进行创作，在这期间，为进一步推进诗歌大众化，他还着手翻译日文版的《普希金诗抄》，试图澄清诗坛上食洋不化的风气。

1937年，蒲风由福州南下前往汕头。在他的积极示范和推动下，潮汕地区文艺界以团结抗战为时代主题，多次开展抗战宣传活动，抗日救亡运动蓬勃展开。这年，蒲风的歌谣体短诗歌集《摇篮歌》出版，这是他以歌谣的形式，践行诗歌大众化、通俗化主张的又一大成果。随后，蒲风又写下《我要北上》《在汕头没有空防》《阴沉的日子》等诗篇，也完成了长篇叙事诗《可怜虫》，始终紧跟时代动向，将个人命运、情感融于国家民族的生死存亡之中。

同年5月，蒲风来到厦门，当选为厦门诗歌会的理事，不久，卢沟桥事变爆发。在国家紧急危难关头，蒲风如海鸥一样搏风击浪，以诗歌会的各项工作为已任，亲自起草章程，并建立了重要的宣传阵地《厦门诗歌》。8月，蒲风又因广州社会浪潮澎湃，不假思索地离开厦门。到广州后，蒲风出席广州诗歌座谈会，就如何发展华南诗歌运动提出诚挚建议，同时参与编辑诗刊《广州诗坛》。为有效发挥抗日救亡运动中文艺宣传的功能，蒲风依旧将重心放在诗歌大众化的实践问题上，强调诗人要熟练掌握歌谣这一诗歌形式并努力创造新形式，以肩负时代新使命与新任务。在这期间，蒲风身体力行，经常与诗友们到工厂或电台去朗诵诗歌，每句诗都倾注火热的感情，化为激动的声音。为了扩大宣传，他们还经常举办诗画展览，同时也大力提携一批优秀青年诗人。

如果说在这以前蒲风一直以"诗"为武器，那么1938年，蒲风决心上前线，为民族的胜利解放拿起"枪杆子"，真正成为拿枪的诗人。在部队期间，他以短小精悍的明信片诗的形式创作，后结集出版为《真理的光泽》。1940年初冬，蒲风与妻子谢培贞到达皖南新四军军部。蒲风不遗余力地投入宣传鼓动工作，满怀爱国激情地撰写诗文，鼓舞军民斗志，始终注意联系群众，为根据地文化建设贡献出重要力量。皖南事变爆发，蒲风随军转移到淮南抗日根据地。战争生活非常艰苦，蒲风和战士们一样，住的是茅草房，睡的是两扇门板，伙食也很差。长年奔波劳碌，千里跋涉，患过肺病的蒲风身体本来就很虚弱。然而，身体严重透支的他却一如既往地忘我工作，致使病情不断恶化，终于1942年于天长县逝世，时年31岁。新中国成立后，蒲风被追认为革命烈士，其名镌刻在新四军烈士纪念碑上。

诗人徐光霄在《蒲风之死》中是这样评判蒲风的："蒲风的为人，坦荡、热情、直率，有正义感。他热爱真理，热爱诗，他更把真理和诗结合成一个东西。诗和真理是庄严的，他以严肃的眼光正视它们，并且为它们献出了自己的真心和生命。倘有人敢于亵渎真理，亵渎诗，他便大声地斥责他们，咒骂他们。蒲风乃是这样一个战士，这样一个诗人。他的作品虽不'伟大'（甚至是粗犷的），然而，他的诗篇是真正属于人民的声音。"作为诗人，蒲风始终身处时代的风口浪尖处，以国家兴亡为己任，勇担前锋。他的诗歌大都采用政治抒情诗的表现形式，描绘出血泪斑斑的土地和土地上的人们顽强激昂的斗争，风格质朴刚健，诗作如战歌般刚劲有力。他更伟大的功绩在于实践并推广诗歌大众化，因为只有如此，才能于祖国大地的茫茫黑夜中团结斗志，发出吼声，最终以"燎原"的"星火"之势，于"黑暗中诞生光明！"

第六节　杜国庠：哲学研究界的“精神长城”

松柏之质，经霜弥茂。作为中国哲学研究的重要组成部分，杜国庠的著作是一道筑在华夏儿女心田间的“精神长城”。杜国庠（1889—1961），广东澄海人，曾用杜守素、林伯修等笔名，早年留学日本，回国后曾执教于北京大学等校。1928年入党，曾积极参与太阳社活动，后担任中央文化工作委员会委员，加入左翼作家联盟，发起“中国社会科学家联盟”，并任左翼机关刊物《中国文化》主编。新中国成立后，任中国科学院哲学社会科学部学部委员和中国科学院广州分院院长。他力图用马克思主义观点总结中国古代思想文化遗产，主要著作有《杜国庠文集》《中国思想通史》（和侯外庐等合编）。杜国庠是极为罕见的，真正拒绝名利于门外的人，其精神境界超尘脱俗、臻于完美，是一位道德和文章相媲美的共产主义战士。

一、笔阵文兵投身革命

广东省汕头市澄海区莲上镇兰苑村灰埕巷2号，有一座有150多年历史的老宅。就是在这座老宅里，1889年4月30日，杜国庠出生。他从这个秀才之家走出，演绎了一段精彩绚丽的人生。7岁起，杜国庠进入家乡私塾，由于聪慧好学、志气不凡，得到老师的精心培养，16岁便读完四书五经等文化经典，私塾教育为他打下了良好的古典文学基础。在杜氏大祠堂、澄海县同善祠的资助下，少年杜国庠于1907年东渡日本，开始为期十二年的留学生活，先后就读于早稻田大学、东京第一高等学校、京都帝国大学，也正是这一时期，杜国庠确立起对马克思主义、唯物史观的精神信仰。

早在学生时代，杜国庠便对国家民族、时事政治十分关注。1904

年，日俄帝国主义为争夺中国东北爆发战争，清王朝却宣布中立。15岁的杜国庠深感痛心，他秉笔著文策论抒发其爱国之情及报国之志，主张收回中国在东北的主权。在日本留学期间，杜国庠加入以“研究文学，提倡气节为宗旨”的文学团体“南社”，留下了“茅茨忧社稷，宇宙隘干戈”“壮志偕谁语，殷勤拂太阿”等忧国忧民的爱国诗篇。就读于东京第一高等学校时，他当选中国留学生同窗会会长，积极在中国同学中展开抗日宣传，还解散了日本当局发起的、为侵略中国做舆论准备的“日华同学会”，后又与郭沫若、李大钊等留学生在东京筹组“丙辰学社”，以反对袁世凯与日本帝国主义勾结，以及企图复辟帝制的倒行逆施。而后，杜国庠在京都帝国大学主修政治经济科，受老师河上肇的影响，开始深入了解马克思主义政治经济学说，沿着马克思主义世界观指导的道路，踏上了投身无产阶级革命的伟大征程。

1919年，杜国庠学成归国，开始了8年的教书生涯，在讲台上，他善于将马克思主义理论融入知识的讲授，春风化雨般地在学子们心田撒下革命的种子。他在北京大学法科任教五年，同时也在北京法政专门学校、中国大学、朝阳大学、平民大学等校开设马克思主义政治经济学说、政党论、社会政策和工业政策、行政法等课程。1925年，杜国庠返回故乡，继续在他所热爱的教育工作中发光发热。杜国庠在澄海县立中学着手的第一件事就是破除封建礼教的陋规，破例招收吴文兰等6名女生入学，开创了男女同校的新风。作为校长，杜国庠还组织学生到海丰县考察农民革命运动，并请东征的国民革命军来校做关于抵抗帝国主义和宣传马列主义的演说。1927年“四一二”政变发生，国民党在潮州清党，杜国庠逃往汕头，会见了当时领导起义军的周恩来，他恳切地向周恩来表示：“目前是革命困难的时候，大家都应吃苦，我希望党允许我加入，给我更多的教育。”此后，杜国庠前往上海，正式加入共产党，并开始从事革命文化工作，实现了从一名教师到反文化“围剿”的前线战士的转变。

杜国庠抵达上海后，在共产党的领导下积极从事文化宣传工作，在组织工作中贡献巨大。他与蒋光慈等人联合成立了太阳社，社员包括洪灵菲、夏衍、殷夫等，提倡无产阶级革命文学，要求文学为政治、宣传服务；同时，杜国庠团结了一批广东潮州青年洪灵菲、戴平万等，成立了文学社团我们社；他还参与组织中国社会科学家联盟。之后，中国左翼文化界总同盟成立，与中央文化工作委员会是“一个机构、两个招牌”，杜国庠是负责人之一。

在文艺实践方面，杜国庠同样建树不凡，他化名“林伯修”，出版了十余部译作，内容涵盖左翼文学、革命文艺理论、经济哲学等各个方面，从《普罗列塔利亚艺术的内容与形式》《辩证法的唯物论入门》到《经济学辞典》，他的翻译和编纂工作大力推广了无产阶级革命文艺以及马克思主义思想；革命文学论争也有他的声音，其中，由他所撰写的《一九二九年亟待解决的几个关于文艺的问题》一文，主张文艺大众化，在当时颇具影响力。

1935年，国民党疯狂破坏共产党在国统区的地下组织，杜国庠和中共上海中央局书记黄文杰、田汉等36人同时被捕，被关押进国民党上海市公安局。由于在狱中慷慨陈词，滔滔不绝地宣传抗日，杜国庠被不断调换囚室，但这却为他提供了更多的宣传场所。其间，面对国民党有关人士的诱惑，他始终保持着革命者应有的气节，不屈不挠，坚持斗争，直至1937年被释放出狱。一走出牢狱，他便立刻奔赴抗战前线，投身抗日救亡运动，大力开展社会宣传以及组织民众参加抗日活动。

二、诠解墨经，成就“墨名绝学”

如果说“教育家”“革命者”之行为“显”，那么，作为思想家乃至哲学家、史学家的杜国庠应为“形而上者”。随着抗日战争进入相持阶段，1940年杜国庠从政治部调至中央文化工作委员会，工作重心也由政治宣传转为学术文化研究。此后的几年内，杜国庠便潜心学术，研究中国古代思想，同时对新儒家展开批判。作为一名马克思主义哲学家，杜国庠的学术研究始终遵循唯物史观的研究方法。

杜国庠在诸子学研究中成果丰硕，先后出版了《先秦诸子思想概要》和《先秦诸子批判》，开创了以马克思主义观念研究中国古代思想的先河。不同于清代学者对诸子文献的烦琐考证，也有别于近代学者对诸子思想的现代性挖掘，杜国庠不是对诸子思想的内涵、价值进行简单评价，而是从唯物史观的角度，结合当时的社会背景来分析哲学思想的特征与转向。在《先秦诸子概要》的序言中，杜国庠指出诸子思想有其社会根源，学术史上的"百家争鸣"，正是社会史上的氏族贵族和新兴地主阶级斗争的缩影。同时，他以"辩证法"的思维来审视诸子思想中家与家、派与派间的关系，认为整个的先秦诸子思想，在客观上构成了一种相互制约、相互依存的有机组织。

在学术界有这样的看法：杜国庠在先秦诸子的研究中，最精彩的是对名辩及荀子的论述。他认为墨子重客观、贵实践，有一种"唯物认识论"的科学逻辑；同时，他十分推崇墨子刻苦耐劳的精神，以及始终从底层百姓利益出发的视野。名家与墨辩一向称难于学术界，但经过他的爬梳剔抉，这个"浑沌"变得清晰起来。他指出，墨经的"存"，不同于名家公孙龙的"藏"，墨经用乘白马这种常识识破公孙龙的"白马非马"这种诡辩。这在学术研究领域是个开创。他写的关于荀子的一系列论文，如《荀子从宋尹黄老学派接受了什么》《论荀子的成相篇》《荀子对诸子的批判》等，独辟蹊径，是对研究先秦学术史的一大贡献。其中，杜国庠挖掘了荀子不被研究者重视的《成相篇》，在其思想中揭开了战国末年思想"由礼到法"的转变痕迹。

同时值得注意的是，杜国庠对中国古代思想的学术领域选择，不仅仅源自兴趣，而且是出于当时理论斗争的现实政治需要。从20世纪30年代末起，国民党主导的"文化保守主义"愈演愈烈，甚至想恢复祭孔大典，"复兴理学"，这种文化上"开倒车"的行为当然不能为当时进步人士所容。于是，如何对待文化和思想传统，也成了马克思主义学者亟待解决的问题。因此，杜国庠在先秦诸子研究之外，还对当时主张"新儒家"的熊十力和冯友兰展开批判。杜国庠批评熊十力思想的主观唯心论，还指出冯友兰想复兴的理学已经不合社会时代发展的方向，正在淡出学术主流。在杜国庠看来，冯友兰的"新理学"只是一种玄虚之学，不是中国哲学的主流，“冯氏这种宇宙人生观，教人安分守己，勿以贫贱得失介意……便是在精神上麻醉被迫者，而松懈其斗志，直接地替压迫者维持其腐败残酷的统治，间接地阻碍了社会的革新。”杜国庠对当时新儒家的批判有中肯之处，也有过于政治化解读的倾向，但这在当时特殊的激进时代下，也是很难避免、可以理解的。

从1946年起，应生活书店之邀，杜国庠和侯外庐、赵纪彬等人开始合作撰写《中国思想通史》。这套通史融社会史和思想史于一身，依照马克思主义的理论和方法，说明历史上不同社会经济形态发生、发展和衰落的过程，以及经济基础与意识形态的辩证关系，对中国古代思想中的唯物主义优良传统进行发掘，同时注重实证，考辨翔实。因此，《中国思想通史》成为学术经典，至今仍然久销不衰。

新中国成立之后，杜国庠被派回广州进行文教工作，担任中共广东省委委员，广东省人民政府委员兼文教厅厅长，为开创广东的社会主义文化教育事业付出了大量心血。他成立了华南师范学院，主张建立省文史馆，开展对广大院校教师的思想培训，对广东高校院系进行调整，还为广东省社会科学研究事业的发展做出了突出贡献。在忙碌的文教工作中，杜国庠度过了生命最后的十余年。1961年，杜国庠在广州因胃癌病逝。“为有巍然一哲人，家乡石琢玉精神”，叶落归根，杜国庠入葬澄海东港，当时来了很多人，仪式上的管弦乐曲浑重而悲壮，萦绕不绝。

三、墨者·学者·革命者

“结交五十年，相期马列徒”“墨名绝学劳针指，马列真诠费火传”“便桥一集成千古，手把红棉读逸篇”……充满真挚感情的诗句里，寄托了郭沫若对曾经的挚友——我国著名社会科学家、杰出的马克思主义学者和社会活动家杜国庠一生革命和学术生涯的缅怀和总结。杜国庠身边的朋友们也都愿意称他为“墨者杜老”，这个别称的确体现出了杜国庠身上的特质。一方面，他选择过一种“墨子式”的朴素生活，刻苦耐劳，不重名利，并自号“守素”。郭沫若的《洪波曲》是这样描绘杜国庠的："内部工作极有条理，卫生勤务非常整饬，桌上无隔宿公文，杏坛有漏夜歌弦……"与杜国庠共事过的人说，生活清苦的他虽然一直穿着一件从旧货铺里买来的旧西装，但始终保持着整洁而庄重的仪容。另外，杜国庠认为先秦诸子中只有墨子是革命的，总是站在底层人民的利益和立场上说话，这与杜国庠一生对于无产阶级革命的追求十分契合；墨子的学术思想也流露出以实践为认知标准的唯物认识论，与杜国庠信仰的马克思主义也有共通之处。可以说，"墨者"便是对杜国庠一生最精要的概括。

生活于一个内忧外患的激荡年代，杜国庠身上还有着多重复杂的身份。他是力主救亡图存的爱国主义者、尽职无私的文教工作者，也是忠诚的马克思主义学者、愿意为无产阶级革命事业献身的革命者。正如他的学术研究，往往是革命性与科学性并重，表现出近代中国知识分子同时追求知识真理与民族进步的心路历程。

临终时，杜国庠嘱咐将其几十年珍藏的上万册书籍和名画全部献给国家。比起有形的书籍，杜国庠为后世留下更多的是宝贵的精神财富，无论是其对古代思想研究的成就，还是他"贤哲"式的人格、对革命与建设工作的贡献，至今仍影响深远。杜国庠曾将自己的作品集命名为《便桥集》，说等到"更好的钢骨水泥的乃至全钢结构的桥梁建造出来的时候，便可毫不惋惜地弃置或拉杂摧烧了它"。这座"便桥"，凝聚了以杜国庠为代表的先人艰难的历史探索痕迹，也为后人之攀登提供了宝贵的策略和经验。我们应当薪火相传，好好留存这座历史的"便桥"，时时启发当下的人们在先贤的思想遗迹中汲取源源不断的精神力量。

第七节 冯宪章：以笔为枪，还我山河

近百年前，抗战诗人以笔为枪，为祖国而歌。这些血里生长、披着

征尘的诗篇，是四万万中华同胞“还我山河”的呐喊，它们沿着中国浩瀚文脉流淌而来，化作了力透纸背的滚烫血液。在这慷慨激昂的革命诗歌史中，就有冯宪章的名字。冯宪章（1908—1931），别名冯斌、张蔓蔓，曾参加革命文学社团太阳社，后成为“左联”的一员，曾出版了现存唯一的诗集《梦后》，翻译了《叶山嘉树集》和《新兴艺术概论》。1931年8月病逝于上海漕河泾监狱，年仅23岁。他的一生短暂如樱，却盛开了最绚烂、最诚挚的革命激情，在倥偬四五年的创作生涯中，挥就了数千行诗歌与两本译作。红旗到处，英雄不死，鹏鸟振翅，自由有声！

一、“小兄弟”以诗歌作军号

1908年，冯宪章生于广东省梅州市兴宁县新圩镇鸭子桥村的一个小康之家，祖父曾是清朝贡员，父亲曾经营客栈，后因被地方士绅打压客栈倒闭，回家务农。小学毕业之后，冯宪章考入梅县东山中学，和潘允中、伍扬俊等成立“兴宁留梅学会”，反对军阀列强、封建思想，并曾组织话剧团到兴宁县城演出，宣传民主革命。其间，冯宪章还组织发起了进步团体“新学生社”，为东山中学学生会刊物《东山学生》、潘允中主编的进步刊物《宁江青年》积极供稿。1925年10月，冯宪章、潘允中等一起加入共青团，冯宪章后任共青团梅县机关杂志《少年旗帜》主编，1927年3月，他随宣传队回到家乡，深入农村，宣传孙中山的联俄、联共、扶助农工三大主张，并劝阻父亲不要再通过放账盘剥村人，其革命立场可谓十分坚定。1927年“四一二”“七一五”反革命政变后，冯宪章等进步学生遭到通缉，他先到西阳镇一带躲避，后加入家乡当地以刘光夏为首的赤卫队，在兴宁山区打游击战。赤卫队挫败后，冯宪章经汕头逃往广州，参加叶挺、叶剑英、张太雷等领导的广州起义，起义失败后，冯宪章流亡上海，继续革命、创作。

这一时期，冯宪章写作了一些诗歌。如《告沉溺于恋海的青年》吟唱道：“啊，趁汝的喉咙还会呼/去唤起一般迷途的朋友/趁汝的热血还在通流/去为恶魔决个谁胜负。"如吴泰昌所说，这首诗"尽管思想有点简单、偏激，艺术上也较稚嫩，多少有点标语口号化的毛病，但仍不失为一首有鼓动力的诗篇"。从中，可以看到冯宪章单纯、明朗的政治诉求，激烈、大胆的情感表达，这或许是受到郭沫若诗集《女神》的影响。此外，他对诗歌的韵律美、结构美也有讲究，这一点一直延续到他的整本《梦后》中。

1928年初，冯宪章抵沪不久，便加入革命文学社团太阳社，结交了孟超、钱杏邨等人，更获得蒋光慈的赏识，在《太阳月刊》的创刊号上登出了他的诗作，并于编后中说道："宪章是我们的小兄弟……他的革命诗歌里流动的情绪比火还要热烈，前途是极有希望的。"同年，冯宪章加入中国共产党。1928年7月，冯宪章存世的唯一诗集《梦后》由上海紫藤出版部发行，其后不久，他旋往东京留学。

今天，《梦后》诗集的封面经过岁月的洗汰虽已破敝，但那由鲜艳的色泽所组成的图案仍很清晰，尤其是几乎布满整个画面的深红，仿佛是一缕缕耀眼的火苗在升腾，给人以奋发向上的动力。这本集子共收诗歌29首，创作的时间跨度从1926年到1928年，主题多为唤起工农阶级的战斗意识，呼吁青年不要沉溺于恋爱与欲望，要为革命、为民主流血牺牲，并发起对传统秩序的反抗，如《怎样干》《我们的任务》《踏上荆棘之路去》《梦后》等；也有怀念故乡、勉励妻子、表达革命与家庭难以两全的惆怅的诗作，如《早婚的苦衷》《给她》《留别》等。在诗歌的形式上，他既没有完全抛弃韵律，又采用了更加灵活的换韵，使他的诗歌在有新意的同时，好读、好记，更便于宣传。同样可以细味的，还有首段和尾段相同，形成回环往复之美的《新的启示》《幽怀》；取消了标点，采用空格对意象加以分割的《粗暴的幽静》；以四行"……"开头，形象地传达出苦衷之难言的《早婚的苦衷》；等等。

诗集中，最适合反复咀嚼的，或许应属长诗《梦后》，这首诗共分八节，从诗人在梦中见到李耳、仲尼、墨翟、屈原等人写起，回忆了中国传统文化的瑰丽与温和，倏忽笔锋一转，回到"满眼都是鲜血和头颅"的现实，痛斥了资本主义、帝国主义、军阀官僚和封建礼教对人的戕害，呼唤公理、人道与自由，感慨在这黑暗的社会，“活着还有什么意义！难道说留了这条尸体，代资本家赚钱营利？”然后，语境又是一变，化沉郁为激昂，呼吁大众不可自暴自弃，“只要我们努力反抗，社会自会重光；而这反抗的别名，就是社会的革命！”提出“是的呀！要把社会改造，须把旧的观念完全弃掉”，重申“我们的赤心和热情，要献给工人和农人；我们的青春和聪明，也要为工农而牺牲！”《梦后》的七、八两节，虽稍有重复之感，然而整首长诗结构跌宕起伏，感情热烈真诚，不失为荡气回肠、动人肺腑之作。

二、文字“搬运者”的不辍工作

1928年秋，冯宪章前往日本留学，其读书之勤奋，使他不到一年工夫，就可以阅读并开始翻译日本文艺书刊。后来在国内出版的《叶山嘉树集》《新兴艺术概论》，皆为冯宪章在日期间翻译。1929年下半年，任钧、蒋光慈、楼适夷也抵达东京，冯宪章和他们交往频密，主动帮助大家和日本作家联系，后由蒋光慈提议，冯宪章、任钧、楼适夷、伍劲锋、古公尧、胡晓春等共同成立了太阳社东京支部。1929年10月3日，冯宪章、伍劲锋、古公尧等人，疑因在日参加共产党的工作和活动，被日本警察逮捕，一段时日的拘留后，冯宪章被遣送回国。

《叶山嘉树集》是中国最早出版的叶山嘉树的译本，由上海现代书局在1933年11月出版。冯宪章于《写在译稿的前面》中对叶山嘉树的介绍，部分如此：“叶山嘉树自小就家庭贫穷，生活困难；被迫到海里面去。最先是做学徒，后来在轮船里做水手。这中间因为受尽船长的虐待，受尽社会的压迫，在他的心中，滋长起来了反抗的勇气，坚决起来了改革的决心！于是，实行起来了社会运动！领导起来了船员的罢工！”又引用日本评论家藏原惟人在《艺术与无产阶级》中对叶山嘉树的评价：“他很知道劳动者的心理与生活。他不但是一个劳动者，他自身便成长在劳动运动之中。”由此可见，冯宪章之所以“搬运”叶山嘉树的早期作品，是因为叶山嘉树也是穷苦劳动者出身，他的小说反映了资本主义的罪恶与伪善、日本劳动人民的悲惨生活与反抗精神，可以感染中国的普罗大众与革命同志，继续为无产阶级事业奋勇战斗。他的翻译，是“文学为政治”的，客观上促进了中日文化的交流，一定程度上也给当时的革命文学创作提供了借鉴和帮助。

此外，冯宪章的译作还有《新兴艺术概论》，由上海现代书局在1930年7月出版，其中收录藏原惟人、青野季吉、山田清三郎、小林喜多二、三木清等人的作品共12篇，这些人都是日本无产阶级作家，创作大众文学、无产阶级文学，强调文学所承担的救世的政治功能，三木清在其《艺术价值与政治价值之哲学的考察》中更说：“我们可以知道政治价值与艺术价值，不是什么两元的对立。”《新兴艺术概论》传入中国，无疑给中国革命文学的创作与评论提供了有力的理论支撑，让中国的革命同道倍觉“德不孤，必有邻”。

三、永远年轻，永远热爱革命

冯宪章曾借创作申明自己“景仰的是血染的旗帜”，“歌咏的是争斗场中的鲜血”，“赞美的是视死如归的先烈”（《梦后的宣言》），表示要“如夸父追逐太阳”般地战取光明（《自励》），成为“狂风暴雨般的壮剧”的“喉舌”(《诗神的剖白》)。他本人的命运也成为这些滚烫文字的炙热注脚。1930年3月，“左联”在上海正式宣告成立，冯宪章参加了成立大会。不久，他在示威行动中不幸被捕，在监狱中饱受折磨，终于1931年8月病逝于上海漕河泾监狱，结束了他短短23年的生命。《文艺新闻》的讣告是这样记述他的逝世的：“两年前曾犯有脚气病，狱中地气潮湿，兼以待遇不良，而终至病殁。”从这闪烁其词的报道中，我们仍可清楚地看出：是万恶的刽子手用看不见的屠刀杀死了我们年轻的革命诗人。

徐平羽在回忆录《忘不了的年代》中记载：“在龙华警备司令部的政治犯牢里……，有个叫冯宪章的人，他是作家。他看出我的情绪，对我说：‘哈！年轻人，你应该认为干革命，坐牢戴脚镣是必不可少的事，进牢要戴脚镣，就等于吃饭时必定要吃菜一样！’”又据任钧回忆，身陷囹圄的冯宪章又苦受病魔的纠缠，但在来信的字里行间却没有透露出半点悲观情绪。冯宪章在狱中所受的非人磨难，由此可以窥见，而他无所畏惧、誓不低头，将苦难轻描淡写的革命乐观主义精神，又是何等的耀眼！

作为一位诗人，冯宪章牺牲得实在太早、太早了，以他对传统文学精粹本能的选取，对外国文学的兼收并蓄，对语言运用的天赋，对形式有意识的革新，对革命、对创作饱满的热情，假以时日，一定能创造出艺术上更为成熟的作品，在文学史上留下更深的痕迹。作为一位革命家，冯宪章的牺牲，又是太沉重、太沉重了！作为今天的青年人，我们饱餐着由昨天的冯宪章们馈赠的自由的、民主的、艺术的果实，怎能甘于碌碌无为、营营役役？还当从现实的泥淖中奋起，不做消费主义、颓废主义的奴隶，在这冯宪章未能亲眼见到的、革命成功后的世界里，沿着自己真正的理想，过一种无悔的、明亮的人生！

第八节　丘东平：“以血打稿子，以墨写在纸上”

山东省枣庄市滕州市有一村北秦庄曾命名东平乡、东平村，是为了纪念一位革命英烈，丘东平。丘东平（1910—1941），革命作家、诗人、战地文学开拓者。原名丘谭月，号席珍，广东海丰人。其作品具有七月派作家的现实主义风格，充满对生活的苦难和人的心灵的直视力量。1927年加入共产党，随后参加海丰三次武装起义。1931年“九一八”事变后，参加十九路军在上海和热河的抗战。后至上海参加左翼作家联盟，从事革命文艺活动。1938年加入新四军，1941年担任鲁迅艺术学院华中分院教导主任，后于北秦庄遭日军袭击，以身殉国，时年31岁。在装殓丘东平遗体时，人们打开褐色皮包，发现长篇小说《茅山下》的文稿，扉页上的一行诗句赫然映入眼帘："莫回顾你脚下的黑影，请抬头望你前面的朝霞；谁爱自由，谁就会付出血的代价。"

一、书生意气化惊雷

沿海丰县梅陇墟北去的一段公路，走至一岔口即依其偏西方向达6里之遥的马福坭村（今多称"马福兰村"），由丘姓祖先于清乾隆年间从惠东县新庵迁居于此。这是个山村，盘踞在丘陵山地与田园溪涧错杂的原野间，1910年，著名的革命军事作家丘东平就在这里出生，并在这里长大。小时候，丘东平喜欢扮演黑脸张飞。1920年，丘东平就读梅陇水口乡毓英小学，开始参加劳动童子团。四年后，丘东平考上海丰县五坡岭陆安师范，深受革命思想和进步文化的熏陶，积极参与晨曦文学社的活动。他西装笔挺，脸盘清秀，很快成为海丰学联会的积极分子，成为海陆丰苏维埃政权的中坚分子。一次，敌人围住一个村子，丘东平急中生智，解下衣服缠在脖子上，往光溜溜的身体上乱涂泥巴，趴在老乡的一头牛的背上逃出村子。1927年底，工农赤卫队和红二师在海丰县红花地对来犯之敌展开一场歼灭战。冲锋陷阵下来，丘东平背靠阴凉大树，笔记本覆压在弯曲的大腿上，右手执笔，笔尖缓缓移动着……不久，丘东平写出《红花地之守御》，记录此战役中战士们浴血奋战的实况。

硝烟滚滚红旗飘。丘东平参加十九路军，在前线投身抗日救亡，从"一·二八"战役、热河战役到"八一三"淞沪会战，再参与新四军，随叶挺军长挺进敌后，又转战苏南，开辟抗战根据地，丘东平可以说是"无产阶级文艺战线上最早的带枪的文艺战士"。也正因为丘东平亲身深入革命与战争的特殊经验，他的革命战争文学具有独特的真实感和力量美。在许多左翼作家还在进行"革命+恋爱"的革命罗曼蒂克主义书写时，丘东平的创作一扫过去文学中书斋式的"学生腔"和"小资气息"，从自己亲历的革命和战争出发，对此加以纪实和特写，将书生意气化为醒世惊雷，在阶级、民族矛盾尖锐，风雨飘摇的时代，为文坛带来一股质朴遒劲、刚毅坚实的力量。

在抗日战争之前，丘东平的主要创作题材源自家乡海陆丰工农革命的斗争生活。他用沉郁的笔调，反映了大革命时代下劳苦民众的苦难挣扎与反抗呼喊。《沉郁的梅冷城》中，整座梅冷城笼罩在国民党大肆杀害共产党人和觉醒群众的“白色恐怖”中；《多嘴的赛娥》里，作者更是借女孩赛娥之眼，观照反动派对人民的暴行；《一个孩子的教养》则通过永真这样一个孩子的童趣天真，凸显了大革命时代的严酷阶级对垒和残忍屠戮。也正是在如此苦海中，军民爆发了反抗与革命的力量，从钢铁般坚硬的总指挥杨望、有崇高庄严的战争道德感的通讯员林吉，到勇敢投入斗争、在身份暴露后始终缄口不言绝不暴露情报的赛娥，愿意牺牲自己换172条革命党囚徒性命的克林堡……这一时期丘东平的文学作品，饱含着对于家乡深重苦难的悲愤，勾勒了海陆丰农民革命这段交织着腐朽与新生、压迫与反抗、灾难与希望的激荡历史。

抗日战争爆发，丘东平在炮声隆隆中，奔赴前线，其创作也以书写抗日救亡为主。他总呼吁身边的人“写战争吧，我们写战争吧”“谱出雄伟的调子，压灭那些蜚声和呓语呵！就像我们在打仗时间射的大口径的炮弹，去震破那些庸俗者的耳膜吧，格格格……”丘东平采取报告文学和小说混杂的文学形式，对战场进行真实记录和片段特写。作为战士，丘东平真正了解战争的残酷性，他的文字极富战地实感，以粗砺的笔触，不避血污地还原了抗日战场枪林弹雨、血肉横飞的残酷与血腥，可谓触目惊心。战争之残酷不仅在战场，也降临在中国无辜平民百姓当中。《我认识了这样的敌人》通过难民W女士的经历，记叙了“八一三”事变中日本军在上海的暴行和屠杀。其创作也直面抗日战争的复杂与曲折，揭露了抗战早期国民党的不抵抗政策和僵死教条式管理的弊端、两个战场间的微妙关系（《中校副官》《友军的营长》），还展现了国民党军队内部的矛盾和自我消耗（《一个连长的战斗遭遇》），以及抗日根据地的最初建设（《茅山下》）。可以说，丘东平的小说以一个战士的独特视角，对于抗日战争的早期情况进行了一个真实、全面的描绘。

丘东平的创作展现了山河沦陷、国破家亡的无边痛楚和灾难景象，但他并非消极地暴露黑暗，而是怀着崇高的爱国热情，书写了民族存亡关头，将士和人民的反抗和呼喊，以浓重炽热的笔调塑造了一批抗日英雄的形象，歌颂了残酷的民族战争中迸发出的爱国主义精神和中华民族"不死的灵魂"。《给予者》中的黄伯祥在战争的影响下从一个普通民众成长为革命者，将自己的全部都献给了民族的抗战事业，其爱国情怀和牺牲精神反映的正是整个民族的抗战意志。《一个连长的战斗遭遇》中，残酷的战争夺去了英勇战士的生命，而未死的兵士们会永远熟记他们的相貌、灵魂和意志，用钢铁般坚硬的肩背负荷着所有战死者的骷髅继续前行。在《暴风雨的一天》的结尾，丘东平刻画了这样一幅图景：担任哨位的马松桑"黑灰色的影子像一块插在田塍上的小小界石，在暴风雨的侵袭中屹然不动地站立着"——这正是在狂风暴雨中依旧巍然伫立的中华民族的缩影。这些血泪凝成的篇章，在悲壮中彰显了战火中的军民同仇敌忾的英勇精神。在中华民族抵御外来入侵、与黑暗势力搏斗、救亡图存的时代背景下，奏响了一曲民族最沉重的壮丽乐章。

二、深入人性的精神书写

郭沫若曾高度评价丘东平："我在他的作品中发现了一个新的世代的先影，我觉得中国的作家中似乎还不曾有过这样的人。"[①]的确如此，丘东平的作品因其深刻的内涵以及独特的格调，在左翼文坛中可谓独树一帜。他的创作为革命和战争发出了呐喊，鼓舞民众救亡图存，发挥了文学的社会作用；他始终关注人在战争中的生存状态和精神境遇，并深入挖掘，这使得其创作具有一种人性和心灵上的深刻性，为左翼文学、抗战文学开辟了另一片崭新的广阔天地。

丘东平在塑造人物时十分注重心理的刻画。他笔下的战士并不是生来就所向披靡，勇敢无畏，他们原本都是普通的、有血有肉的人。丘

① 曾庆瑞、赵遐秋编《中国现代小说140家札记（上册）》，漓江出版社，1985，第529页。

东平在给胡风的信件中表明了自己对“生命单纯化”的警惕：“战争使我们的生活单纯了，仿佛再没有多余的东西了，我不时有一种奇异的感觉，以为最标本的战士应该是赤条条的一丝不挂，所谓战士就是意志与铁的结合体。这显然是一种畸形的有缺憾的感觉。而我自己正在防备着这生命的单纯化，这过分的单纯化无疑是从战争中传染到的疾病。”[①]这种“去单纯化”的追求，使得丘东平的创作没有流于口号式的政治鼓动、廉价的情感发泄，也突破了许多左翼文学中人物塑造概念化、公式化的弊端。

因此，哪怕是英雄，也要不断与自己的弱点、缺陷、欲望作斗争。《第七连》中的连长丘俊，在战争之初便感到难以排遣的恐惧，疑心自己是队伍中最胆怯的人。当队伍前端出现貌美女人时，他下令所有人停止前进，因为继续前进会引起“很多不必要且有害的想法”，他毁坏了留声机中的所有胶片，因为他连音乐也怕听，处处防备着感情的毒害；《一个连长的战斗遭遇》中，四连的列兵们与其说为了战斗利益，不如说是泄愤般地暴力拆除了独立家屋，挥舞着抢来的女人裙子、各种书籍，还有火腿和酒；《茅山下》中的干部周俊“对于一切人都抱着怀疑和敌视，这怀疑和敌视每每叫他陷于惨淡的被围攻的地位。他的勇气像一重纱似的单薄地卷盖着自己的惨败与破灭，而生命力的贫乏使他乞怜于别人辞色之间的善待和尊敬”。而正是这样的一群人，终于在炮火的洗礼中渐渐成长起来，他们洗刷了自身的种种“杂质”，亲历了战场的严酷，品味过绝望和动摇，最终仍然勇敢坚定地承担了战斗使命，负重前行。正如丘东平在《茅山下》中所言：“我追慕着一种时代的典型，我赞许那样的斗争者：他是那样的满身创疤，他带着随胜利以俱来的严重的疲乏，他是杜斯妥巴夫斯基式的长而踉跄的黑影的出现。我愿意学习这样的战斗者，因为他有骆驼的长途跋涉的精神。”他们并非十全十美的英雄，带着满身的疮疤、疲惫和阴影，有着复杂的人性，他们只是

① 罗飞编《丘东平文存》，宁夏人民出版社，2009，第328页。

平凡的英雄，但却因真实而可亲可信。

同时，丘东平对于战争的本质也有深刻的观察和反思，他揭露了战争本身的荒谬性和残酷性。在无情的战场中，“在那样的风声鹤唳的情境中，一切人与人的关系都埋藏指责爆裂的炸药，残酷的战斗将如鼠疫似的传遍于全人类，可怕的杀戮行为普遍地发生于人与人之间，有时候也不问仇敌和友人”[①]。在这种极端的战争生存环境下，人性也被逼视出极端阴暗险恶、兽性杀戮的一面；而且，有时战斗、牺牲也并不能带来崇高的意义，当江阴炮台的守将目睹了战友的牺牲，他呼喊着：“我不能看见他们的壮烈牺牲而一无所动。而可恨的是我们并不曾从这牺牲中去取得更高的代价……我们很英豪吗？老实说吧，我们除了不死的灵魂之外，其他可以说一无所有。”[②]在这里，丘东平站在一个全人类的立场上，没有刻意凸显战争的正义与邪恶，而是将战争中惨绝人寰的杀戮、触目惊心的破坏、相互残杀的荒谬呈现出来，这具有了超越时代的反思深度。

丘东平书写战争的重点不在于战争的胜负，而是处在战争状态下、受苦受难的人的命运和灵魂。这份对人性的审视，回应了五四时期“人的文学”的传统，也赋予了左翼文学更为丰富和更具超越性的内涵。

三、战士和诗人的双重气质

“一手拿枪，一手执笔”或许是对丘东平最好的概括。从海陆丰农民起义到后来的抗日战争，他的写作题材都是自己亲历的战争。其人生经历和文学创作始终血肉相连，无法分割。丘东平曾经做过这样一个比喻：作家对于生活，在主观上应该像一块磁石，跟生活紧紧配合并吸收它的养分。而对于缺乏这种吸收能力的普通石头，钢铁也会失去存在的价值。将丘东平的革命生涯与创作联系起来的，正是这种如磁石般的、

① 许翼心、揭英丽主编《丘东平研究资料》，复旦大学出版社，2011，第274页。

② 丘东平：《丘东平作品全集》，复旦大学出版社，2011，第329页。

强烈的主观战斗精神，它突入苦难现实与之拼命肉搏，在抒情与叙事的辉煌结合中，通过民族战争的苦难和欢乐、受难与跃进的两极碰撞，激荡着读者的心灵，奏响了后来“七月派小说”的先声。丘东平“以血打稿子，以墨写在纸上”，始终秉持着坚毅热诚的战士之心、强烈的战斗精神，正如他笔下许多英勇将士都来自广东，在他眼中，广东人便是“男性，硬汉的代名”，有着强悍的精神气质与战斗精神。

除了是革命战士，丘东平同时是一个富有强烈诗人气质和伟大文学抱负的人，他曾向郭沫若表达了对自己创作的期许：“我的作品中应包含尼采的强者，马克思的辩证，托尔斯泰和《圣经》的宗教，高尔基的正确沉着的描写，鲍特莱尔的暧昧，而最重要的是巴比塞的又正确又英勇的格调。”丘东平身上具备着战士和诗人的双重气质，一方面存有一颗为革命与战争而跃动和炽热的战士之心，另一方面，始终有一种笼罩全人类、关怀人性与灵魂的文学家情怀。他的作品也因此既带有战争时代纷飞的火与光，又能够长久地铭刻在人们心中，发人深省。

丘东平为民族的抗战事业牺牲，在31岁英年早逝，《茅山下》也成了他的绝笔之作。为了纪念丘东平，他的牺牲地改名为东平村。石怀池曾满怀遗憾地慨叹：“他可能是我们的《静静的顿河》，我们的《工业史》《内战史》《铁流》《毁灭》的最理想的作者，可是，当他还在孕育的过程中，已经为人民为祖国奉献出他的生命，长眠在江南原野的青青草丛中了。”[①]丘东平短暂的一生如同暴风雨中划过的一道闪电，但无论是他的文学创作，还是他一生的战斗生活与献身精神，都是我们光辉而无价的民族遗产。哪怕到了今天，仍然能够鼓舞当下青年人扬起精神的风帆，坚定爱国的情怀，无畏生活的暴风雨，继续奋勇前行。

① 许翼心、揭英丽主编《丘东平研究资料》，复旦大学出版社，2011，第184页。

第九节 史海拾遗：聚光灯之外的杰士传奇

韩水江边，红棉树下，粤东大地，钟灵毓秀。除却洪灵菲和丘东平等仁人志士，尚有诸如陈子谷、陈辛仁与薛汕等革命先锋，罗清桢、赖少其等版画艺术家。在聚光灯之外，我们也不应遗忘这些前辈们的耕耘与造诣，他们将一颗炙热的爱国心凝结于笔下的文艺作品，顺时代潮流而下，将革命信念撒播至人民心中。他们的作品兼具思想与艺术价值，有力推动了当地乃至全国文化与艺术产业的发展，为岭东大地储存下一座宝贵的精神金矿。

一、陈子谷：生命是一首热情奔腾的诗

“子谷是一个诗人，也是一个战士。他的生命是一首诗，一首热情奔腾的诗，一首光彩夺目的诗。”这是妻子张雁——一位新四军老战士对陈子谷的评价。陈子谷（1916—1987），又名陈子鹄，广东澄海县人。泰国爱国华侨，左翼诗人。早年英勇参加战斗，两度入狱却从不屈服，捐款无数，穷尽毕生之力为祖国做出贡献。

陈子谷1916年1月出生于汕头市南澳岛的一个贫苦渔家，为了全家的生存，他被卖给一位华侨，由祖父陈峥嵘抚养长大。少年时代，他在泰国曼谷就读华人办的私塾，深受中国革命思潮的影响。儿时的憧憬，成为了陈子谷毕生红色的记忆。1929年，13岁的陈子谷逃回祖国，先后在汕头、香港、南京上中学。17岁考入中国大学，接受了马列主义思想，加入共青团。1934年，陈子谷留学日本，加入东京左翼作家联盟，参加《东流》杂志的编辑工作，负责诗歌部分，而后又出版了《杂文》杂志。1935年，陈子谷迎来自己革命事业的重要转折期。由于在“左联”的革命运动，陈子谷受到日本当局的驱逐，来到

香港，通过“左联”成员丘东平结识了宣侠父、梅龚彬和郑德等革命前辈，在他们的引导下投入抗日救亡统战运动。1938年，陈子谷参加新四军，先后在陈毅和粟裕将军手下担任敌工干事和团敌工股长。在此期间参加了多次战斗，其中贺甲战斗在当时影响最大，击毙日军队长以下168人。陈子谷为革命事业出生入死，曾在皖南事变和解放战争中两度被捕入狱。1942年5月，陈子谷在第一次入狱后因成功领导茅家岭暴动而逃脱。1945年，国民党的无理扣押导致他再次入狱，尽管如此，他在狱中仍继续领导说理、绝食斗争，最终在组织的声援下获释。

“别回顾你脚下的黑影，请抬头望前面的朝霞；谁要自由，谁就要付出血的代价。”陈子谷具有创作才能，诗词晶莹，韵律流畅，以诗歌表达大众苦难，吹响革命号角。他曾和蒲风、林林、雷不榆、林蒂等人一起组织诗歌座谈会，出版《诗歌》杂志。1935年，陈子谷的第一部诗集《宇宙之歌》于日本出版，郭沫若评价该诗作“有真挚的情绪，洗练的辞藻，明白的认识”。第一次入狱时，陈子谷以3个月时间完成了2000多行的3幕歌剧《千古奇冤》，副题是《囚徒的悲歌》，悲愤控诉国民党的残忍行径。新中国成立后，陈子谷写成《皖南事变前后》和《上饶集中营》两篇报告文学，具体描述新四军在皖南事变中出生入死的战斗经过及自己从国民党牢狱回归根据地的悲壮经历。血肉倾注的文字，铸就成控诉敌人的冰冷锐剑，汇聚为称颂同志的热血赞歌，更成为中国共产党领导的新四军与敌人艰难战斗过程的一块不屈的纪念碑。

陈子谷成长于富裕的华侨家庭，荣华富贵却难入其心。1940年，陈子谷以叶挺军长秘书的名义，将分得的20万元遗产和募捐到的6万元全数交给组织，解决了新四军2个月的粮饷和冬天的棉衣问题，叶挺高度赞赏他“富贵于我如浮云”的崇高品质。1956年，陈子谷又分得遗产4万元，尽管他当时已育有三儿两女，家境并不宽裕，但他还是毅然将这笔钱捐赠给北京市政府。“丹青不知老将至，富贵于我如浮云”，陈子谷是当之无愧的华侨赤子、爱国楷模。

二、陈辛仁：外交风云人物，铮铮铁骨书生

陈辛仁（1915—2005），笔名辛人，广东普宁人，左翼作家。学生时代即加入党的外围组织，宣传马列主义，曾因此被学校开除，后辗转至北京，考入中国大学。1933年夏，北平“左联”组织遭国民党反动派严重破坏，随后，他积极投入恢复“左联”的工作，编辑“左联”机关杂志《理论与创作》。1934年，北平“左联”再次遭受大破坏，陈辛仁被迫流亡日本，在东京积极参加“左联”的各项活动，参与编辑《杂文》，主编《文艺理论小丛书》，成为中国左翼作家联盟的重要成员之一。陈辛仁眼界开阔，才华卓著，曾发表《艺术的形式和遗产》《文学得挽紧科学的手》《但丁的言语观》等文章数十篇，翻译了诸如《德国宗教及哲学史概观》《现实主义论》《批评论》《现实主义的问题》《作为意识形态的艺术》等大量论文与书籍，为我国新文学的发展持续注入新的能量与元素。

不仅如此，从日本回国以后，陈辛仁积极参加抗日战争中各种革命工作，先后加入新四军和解放军，直至全国解放。新中国成立后，陈辛仁转至福建省政府工作，后调入外交部，曾就任驻外大使，外交学院院长兼党委书记。1958年，陈辛仁从国外卸任回国又临危受命，赴外交学院严管教学，以纠正当时受大炼钢铁的影响而不抓教学的错误方向。顶着“压制革命群众，专搞白专道路”的大帽子，陈辛仁辛勤八载，终于将外交学院的教学引向正轨，为外交战线培养大批人才。

“这个看似文弱书生的人，浑身长的却尽是铮铮铁骨”，战友曾这样评价陈辛仁的为人。“文革”时期，陈辛仁被游街、关牛棚，甚至被一脚从二层楼梯踹下来，数次命悬一线。但他始终咬紧牙关，绝不为保全自身而诬告他人。他甚至咬断自己的舌尖以抵抗造反派的疯狂折磨。“无论公话和私话都说真话，交真心的人”，与陈辛仁共患难的老同志谢雪畴对他的评价是中肯的。高山仰止，景行行止，陈辛仁的高风亮节令人感慕。

陈辛仁在“文革”后复出，担任对外友协领导和文化部顾问。陈辛

仁终其一生，为国家鞠躬尽瘁，死而后已。这个带有铮铮铁骨的文人书生，对新中国的创立与发展所做出的贡献是不可磨灭的。

三、薛汕：雅俗共赏的革命艺术家

“我有一颗心，不出国，母亲再丑，我是她的儿子，就死在她的怀中。现在没有死，我就得为母亲做点事，直至我闭起了眼睛。”这是薛汕在1989年给旅居美国的中国作家李望如的肺腑之言。薛汕（1915—1999），广东潮州人，原名黄谷隆，笔名雷宁、谷辰、严肃之、庄敬。历任上海震旦大学教授，北京市图书馆馆长，北京大学图书馆专修科教授，中国曲艺出版社编审，中国俗文学学会常务副会长，中国通俗小说研究会会长，北京东方文化馆馆长，新诗歌杂志社社长，著作等身，成就非凡。

薛汕16岁在金山中学时便开始写作，在《潮安日报》编《白皱》周刊，以隐喻手法讽刺当时的国民党统治者，揭露当局的腐败统治。受海陆丰农民起义和南昌起义红军到潮州的影响，薛汕在校参加了共产党外围学习小组，加入文学团体初燃社，后又组织学潮，被学校开除学籍。1933年，薛汕辗转进入中国大学学习，1934年参加革命工作。皖南事变前夕，他被国民党反动派逮捕。在狱中，他任地下组织小组长，组织狱友坚持斗争。1941年，经爱国人士救援脱离虎口，辗转桂林、柳州、重庆、上海、香港等地，继续做党的宣传工作。因不敢用真实姓名，便取与黄字同有草字头的薛字作姓，又因是潮汕人，不忘家乡，于是以汕字为名。从此，薛汕之名沿用至今。

薛汕一边从事革命活动，一边也进行文学创作和组织工作，历经六十余载，屡遭磨难却矢志不渝，躬耕不息。20世纪40年代，他参与编写《民风》双周刊、《新诗歌》和《创世纪》月刊，创办民歌社。1948年逃往香港后，薛汕重建新诗歌杂志社，出版了《晴天一声雷》《血染红了华山》等5种丛刊。薛汕以文学激发民众革命热情，点燃心中热血火焰，有力地配合了抗日活动和解放战争。

薛汕是海内外颇具影响的民俗文学家。从阳春白雪的小说、散文、诗歌，到下里巴人的快板、歌谣、曲艺，薛汕无不涉猎。在校订、整理古籍和论著方面，他偏重民间文学和民俗文学，尤其对家乡潮州的歌册和南方一带的弹词情有独钟。薛汕出版和发表的著作、文章有170多部、篇，共计上千万字。他的短篇小说集《前夜》描绘了"一二·九"运动的斗争经过；长篇小说《彭湃》主要对农民起义领袖彭湃展开书写；散文集《贫穷的一夜》则揭露了抗日战争胜利后人民仍生活在水深火热之中。不停歇的笔端涌现着社会现实境况的波涛汹涌，热血而焦虑的目光始终汇聚于普通民众身上。而对南方歌谣的研究，更是弥补了学术界有关领域的空白。"词到松窗红梦远，数来梅落紫宫传。争评雅俗口喷沫，水到滩头自了然"，著名作家端木蕻良在薛汕七十大寿上所作的这首诗，传达的正是对这位孜孜不倦、辛勤一生的革命老人的崇高致敬。

四、以刀为笔，方寸之间纳万象

我国木刻版画起源于佛经的插图，真正兴起则源于鲁迅倡导的新兴木刻运动。在鲁迅的力倡下，粤东大地涌现了一批优秀的木刻画家，一刀一笔，铭刻社会肌理，为我国木刻版画的发展带来不可磨灭的影响。

罗清桢（1905—1942），广东兴宁人，新兴木刻运动先驱。早年毕业于上海新华艺术大学西画系，后去日本观摩学习。1932年，罗清桢开始自学木刻，创作勤奋，风格严谨精细，出版木刻集多册，代表作有《韩江舟子》《晨务》《爸爸还在工厂里》等。

罗清桢与鲁迅有密切联系，曾得到鲁迅当面和书信的多次指导。《鲁迅全集》收录了致罗清桢的信达20封之多，是现代版画家中鲁迅复信较多的人之一。鲁迅对其作品极为赞赏，曾推荐《起卸工人》《前瞻中的回忆》等作品到法国、苏联参展，均获国际版画艺术界好评。在"文化围剿"的白色恐怖下，罗清桢遭受通缉而毫不畏惧，继续积极推动新兴木刻运动。抗日战争爆发后，其创作的《全国人民总动员》《抗战三部曲》等作品，战斗性强、艺术性高，有力揭露了日本侵略者的血腥暴行和老百姓的深重苦难，对教育、鼓舞军民抗战到底起到了良好的带动作用。铁石相击，必有火花；水气相荡，乃生长虹。在罗清桢的影响与带领下，一大批青年版画家脱颖而出，成绩斐然，因之兴宁被鲁迅称誉为“版画之乡”。1942年11月25日，罗清桢由于贫病交迫，在家乡病逝，年仅37岁。

赖少其（1915—2000），广东普宁人，新徽派版画主要创始人，斋号木石斋，有“艺坛圣哲”之称，在日本被称为“中国画伯”。“站在云雾上，脚下群山俯伏，耳听万松涛”，赖少其不仅是当代画坛的领袖，还颇具诗人气质，是杰出的革命文艺战士，一生为艺术生命不息、奋斗不止。赖少其早年参加鲁迅倡导的新兴木刻运动，1934年成为现代版画研究会的主要成员，编译《创作版画雕刻法》，这是中国新兴木刻史上第一部介绍版画技法的书籍。1941年，赖少其在皖南事变中被捕，在狱中坚贞不屈、顽强斗争，后越狱回到苏北解放区，曾被鲁迅誉为“最有战斗力的青年木刻家”。1996年，赖少其被授予鲁迅版画奖。他的代表作有《碧水幽松》《清流激湍》等，风格质朴坚实，苍润朴拙。

陈普之（1911—1950），原名陈建通，又名兰伽，广东澄海人。我国著名版画家，被誉为“30年代中国版画界晨星”。1932年在学时加入中国共产党，是鲁迅亲手培育的中国第一代出色的青年版画家之一，也是当时上海左翼M·K木刻研究会创建人之一。陈普之曾于20世纪30年代和著名版画家谢海若组织潮汕大众美术研究会，传播木刻种子。1934年4月，M·K木刻研究会被迫解散，陈普之不久赴新加坡、马来西亚，并在《椰风月刊》《晨星》《文艺周刊》发表文艺评论和木刻作品。抗日战争胜利后，在新加坡任《新民主日报》编辑。陈普之的版画富有革命性、人民性，特色鲜明。代表作有《黄包车夫》和木刻连环画《都市生活》。

张慧（1909—1990），字小青，广东兴宁人。1932年与罗清桢一起从事木刻创作，作品曾得到鲁迅的具体指导。1940年与罗清桢创办和编辑《木刻阵地》，以画为枪，进行抗日宣传。1942年，罗清桢病逝，张慧因共产党员身份被广东省政府通缉而结束木刻创作生涯，转向经济工作。张慧的版画艺术生涯不长，但留下的作品不少，出版有《张慧木刻画》等7本版画集，《袭击》和《广州黄花岗七十二烈士墓》等作品是抗日战争爆发后的代表作。

陈铁耕（1908—1970），又名陈克白、陈耀唐，广东兴宁人。1930年，陈铁耕到上海从事新兴木刻运动和革命文艺宣传工作。1931年，参加鲁迅主持的木刻讲习会，与江丰等成立上海一八艺社研究所，在《文艺新闻》等刊物上发表木刻作品。"九一八"事变爆发，陈铁耕和江丰等人油印抗日画报和木刻组画传单，张贴于街头，宣传抗日，为中国革命事业做出积极贡献。"我以为克白兄的作品中，以《等着爹爹》（也名《母与子》）一幅为最好"，鲁迅激赏陈铁耕的木刻作品，将其《母与子》《殉难者》等17幅木刻作品推荐到法国参加"革命的中国之新艺术展览会"展出。陈铁耕是参加本次展览的作者中作品最多的一个。抗战时期，陈铁耕奔赴延安，组织鲁迅木刻工作团，创办鲁迅艺术文学院晋东南分校并任校长。新中国成立后，陈铁耕任广州美术学院版画系主任，为国家培养大批艺术人才。1970年，陈铁耕受林彪、江青反革命集团迫害含冤去世，终年62岁，1979年始获平反。

此外，来自广东兴宁的吴渤（1911—1984）、黄山定（1910—1996）和钟步青，广东梅县的温涛（1907—1950），汕尾的何白涛（1913—1939）和潮安的唐英伟，无不是中国新兴木刻运动的重要成员，身先士卒，为我国版画的发展前赴后继。无论是舍生忘死的文人战士，抑或是在鲁迅振臂一呼下奋勇当先的木刻版画家，动荡的年代赋予了他们沉重的历史责任，更成就了他们无上的创作辉煌。大浪淘沙、历久弥新的艺术作品，成了一代一往无前的革命艺术家们永远的勋章。

第四章 涅槃

『左联』故人旧文新动能

第一节 探寻粤东"左联"文人故居

韩江是潮汕地区的母亲河，它恬静地存在于时间和空间深处。静水深流，像一块瑰丽的碧玉镶嵌在群山环绕之中，衍生、汇聚、流动着甘甜的源泉，滋润一方沃土使山野灵秀，也哺育出戴平万、洪灵菲、陈波儿、杜国庠、冯铿等"左联"文化青年。人们常说，故居是历史的最好承载。今日，我们重读经典，以血火熔铸的诗句编织花环，献给昔日浴血奋战的烈士，又沿着文献中所记述的英雄轨迹，探访戴平万、洪灵菲、陈波儿等人出生成长的地方，怀着崇敬之情，去追寻岁月中未曾湮灭的"左联"精神。

戴平万的故居很好找，离归湖溪口村村委会不远。在村内老人的指引下，我们来到前辈诞生和成长的地方。遥想当年，戴平万正是从这扇门走出，坐上船，去寻求真理，走上革命的道路。据介绍，当年葛学溥（Daniel Harrison Kulp）同友人史禄国（俄罗斯人类学奠基者，费孝通的老师）到溪口村调研，就借住在戴平万家中。戴平万故居曾经被轰炸，后来重修时改为两层。由于长期遭雨水冲刷，戴平万故居建筑内部已破损得较为严重，大部分墙体老化，部分房间已成危房。目前，戴平万故居修复工程已基本完成，潮州市拟将戴平万故居打造成纪念"左联潮州六杰"的主要展馆，全面展示那段鲜为人知的革命历史。

而后，我们来到潮州江东镇红砂村，探寻洪灵菲故居。洪灵菲故居隐于红砂村民居建筑群内，不易寻找。洪灵菲故居门楣上写着"亦瑞居"，进入院子发现主体建筑破损得较为严重，目前故居修复工程正在开展，我们相信未来这里将会成为潮州红色文化展示的重要基地。

陈波儿是卓越的人民艺术家，优秀的电影演员和编导，新中国人民电影事业的开创者和领导者之一。为了寻找陈波儿故居，我们走进陈厝巷路口，穿越市井，想象着魏厝池边苍翠的古树，沿水而建的老屋，老树亭亭玉立，炎炎夏日，清澈的池塘常常浸泡着晚归的男人——蛮有生活图景的屋前屋后涂满了陈波儿的童年记忆。可惜的是，这位伟大女性的故居早在半个世纪以前就分给不同的住户，前、后进已被隔断，截成两个单元。新主人重建了一个门楼“易安居”，对房屋做了一些改造，但基本保留原有的模样，木雕梁架基本保存完好，老屋因为一直有人住着，未见坍塌。据当地人介绍，陈波儿的侄女就住在故居旁边的一栋民居中，我们便顺势拜访了这位老人，她回忆起往事，让人不禁为之动容。

杜国庠墓坐落于澄海区凤翔街道东港路，墓基座为圆形，坐东向西，占地1800平方米，建筑面积475平方米，建于1961年10月8日，1985年重修。墓碑为花岗岩，正面上方立着杜国庠同志的遗像，下方阴刻着“杜国庠同志之墓”。墓碑背面阴刻着陈御仙（杜国庠夫人）为杜国庠撰写的碑铭，“杜国庠同志之墓”及碑铭均系王鼎新手书。青山埋忠骨，翠柏伴英灵。历经岁月沧桑，杜国庠墓给人一种庄严肃穆、浩气凛然的感觉。我们怀着崇敬的心情，敬献了花篮，向这位道德与文章相媲美的共产主义战士表达了缅怀之情。据说，平时这里常有人过来学习和参观，人气十足，与其说是陵墓，其实更像是一个红色教育基地。回想着杜国庠生前为革命无私奉献，相信每一个人都不禁为之热血沸腾、肃然起敬，因此，它成为向公民进行爱国主义教育、革命传统教育的重要场所。

除此以外，我们还探寻了澄海革命烈士纪念碑、庵埠革命烈士纪念碑碑园、友联中学冯铿纪念地、西堤公园侨批纪念地、荣春堂等众多红色革命资源点。目前，部分红色革命资源点保存较好，政府结合资源点打造了绿地公园，成为市民纪念、休闲、游憩的好去处。然而，还是有一些红色革命资源点尚未引起人们的重视，在岁月的流逝中这些老建筑也慢慢地破损残旧。一座座历史建筑，就是一段段历史的见证，就是一段段民族的记忆，而这一处处不同程度受损的历史建筑，不免让人嗟叹不已。

第二节 发掘粤东“左联”文人故事

一、“这些潮人俊彦是中华民族的脊梁”

谢锦澍主席的茶室设在市民广场区域的一座沿街商铺之中。首层是普通的茶叶小店，低调精致的木雕门头有别于两侧商店通俗市井的亮眼招牌，店里人流不多，只有檀香木桌、陈年的茶叶和零散的茶具，与喧嚷吵闹的街道是两个世界。二楼是茶室小房，门帘后传来呢喃细语，茶壶青烟上点缀零星的白点，谢主席正在悠闲地洗着茶具，与往届的学生闲聊。屋里弥漫着茶叶的飘香，缕缕茶烟中渗透出细腻的温润，谢主席早已泡好一壶青茶静待着我们的到来。在看到我们的那一刻，谢主席露出了慈祥的笑脸，他身着毛绒的方格衬衫与笔直的西裤，这身打扮不仅抵抗了广东秋天少有的凉意，还展现了文学爱好者儒雅与敦厚的气质。在淡淡茶香的熏陶下，谢主席向我们详细地讲述了自己研究“左联”文化、“左联”文人历史故事的历程。

“风起云涌的革命年代造就潮州人才辈出。十月革命之后，潮州是最早引进马列革命主义的地方之一。”谢主席一语道出了当时潮汕地区出现大量进步文学青年的原因，“1921年，两名新加坡华侨青年把马列主义带到潮州来并在各地的学校、工厂开展广泛的学习与传播活动，先进的马列思想唤醒着这一代的青年学者。”

谢主席认为，正是因为马列思想的逐渐传播，社会上陆续地涌现出许多热血方刚的青年学子。第二次国内革命战争期间，国民党反动派不仅对中央苏区进行军事“围剿”，还对革命文化进行“围剿”。党领导人民在苏区开展军事反“围剿”斗争的同时，也在国统区开展文化反“围剿”斗争。1930年3月，在共产党的带领和推动下，中国左翼作家联盟在上海成立，其中，潮籍作家阵容之强大、人数之多、影响之大历史罕见，更开创了潮籍作家登上中国现代文坛的一个新时代。为了更好地让“左联”作家的革命事迹流传下去，谢主席在《潮州日报》《潮州党史与党建》及南方资讯网等媒体陆续发表了关于洪灵菲、冯铿、戴平万、陈波儿、梅益5人的短文。在2010年9月，谢主席考证大量历史资料，走访了多个历史资源点，主导编辑出版了《左联潮州六杰》一书，力求从人物基本特征、突出事迹、贡献等细节比较准确地讲述“左联”文人的故事。

提及戴平万与洪灵菲的过往逸事，谢主席脸上更见光彩。“太阳社是由洪灵菲、戴平万领导创办的现代文学团体。戴平万出身于书香门第，家境优渥，曾祖父是举人，他毕业于广东高等师范学校，读书成绩优异；洪灵菲童年贫穷，父亲开药店，他反对洪灵菲念书，希望他继承药店，但洪灵菲性格倔强，宁愿自己赚钱念书，甚至因父母包办婚姻欲自杀，在伤心难过时遇到了许甦魂。许甦魂后来介绍洪灵菲加入共产党，洪灵菲从此走上了革命的道路。”他将故事娓娓道来，我们听得入神，对这片神奇的革命热土愈发产生了探索的兴趣。

最后，谢主席对打造南粤“左联”之旅给予极大的认同。“‘左联潮州六杰’在当时和此后为我党的革命文化做出了巨大贡献。这些潮人俊彦是中华民族的脊梁、中国革命的先驱，也是中国现当代革命文化的大家巨匠。他们在中国文化战线上勇立潮头、摇旗呐喊、冲锋陷阵、不怕牺牲，为粉碎国民党反动派的文化‘围剿’、创立中国革命文化、推动社会主义文化建设做出了卓越贡献。”这次南粤“左联”人文游径的规划能够将“左联”文化重新展现在公众视野当中，弘扬宣传“左联”故事，让更多当代年轻人了解革命时代的文人事迹，对提升和培养社会公众的历史文化艺术认知水平与高尚情操具有十分重要的意义。

二、“在冷冰冰的水利设施上探进历史的温度”

初次见到陈平院长时，他正在办公室里作图，魁梧的身躯伏在五尺案上，银灰的发色在暖黄的灯光下显得格外亮眼，针管笔与硫酸纸的摩擦声、三角板与画图板的碰撞声仿佛在告诉旁人，他正在忘情地沉醉在绘制美好蓝图的世界里。

陈院长言道，虽已年过六旬，他仍然坚持以一名建筑师的身份参与到项目的设计中，享受着建设家乡的快乐。作为潮汕人，二十余载的家乡建设使陈院长更加了解潮汕地区的地理环境、历史沿革、自然资源、经济产业、文化艺术、风景名胜等情况，加上对母亲河韩江的家乡情怀以及多年来对潮汕地区绿道、古驿道的设计摸索，他心中早已有了关于韩江流域建设的思路和想法。

在与项目组交流南粤“左联”之旅后，陈院长表示：“沿着韩江打造旅游路线，利用水利设施结合景观节点创造红色文化载体，使人们既能认识‘母亲河’韩江的发展历史，同时又能了解‘左联’烈士的革命事迹。通过吸引游客参与带动韩江两岸的经济发展，这无疑是创造了一种全新的文化旅游模式。”陈院长认为：“潮汕地区拥有丰富的历史名人文化资源，洪灵菲是著名的雨花台烈士之一，才情横溢，在参与革命时期创作了大量的文学作品，其故居位于江东镇红砂村内，具有很好的旅游开发价值；出生于潮安县庵埠镇的陈波儿是卓越的人民艺术家，优秀的电影演员和编导，还是新中国人民电影事业的创始人和领导者之一，她为左翼文艺运动和新中国人民电影事业的创建和发展做出了杰出贡献，她的英雄事迹值得大力推广宣扬。”他还认为：“要保留名人故居的历史痕迹，结合韩江两岸的滨水空间打造若干景观节点，通过节点向人们展示韩江文化与‘左联’文人故事，再利用韩江两岸的游线把节点及周边其他历史及自然资源串联起来，形成一个完整的文化游憩系统。选址最好在防洪等级高的地块，避免洪水期对人群活动造成影响。”

此刻，窗外的余晖不经意地落在陈院长的脸上，把院长始终微笑的脸上的眼纹映得更加深刻，“在冷冰冰的水利设施上揉进历史的温度，这是多么令人期待的事情……”陈院长笑着说道，眼神始终望向窗外那一抹红色的夕阳。

第三节 策划南粤“左联”之旅人文游径

“我们的故乡有着辽阔的天空，有着空旷的大野，有着美丽大河流，澄澈的池塘。在秋天的时候，有着耀着日光的黄叶……”

——洪灵菲《家信》

20世纪30年代，正当近代中国积贫积弱、饱经战火之时，有一群南粤的热血青年，携笔从戎，为了民族独立和解放，向腐烂的封建传统与晦暗的社会现实发起了猛烈的攻击。80多年后的今天，值此海晏河清、政通人和之际，我们更应重新勾勒那一张张年轻的脸庞，拂去洪灵菲、戴平万、冯铿等一个个革命志士的名字上时间的积尘，以他们对生活的热忱、对革命的信仰，点燃我们对人生的勇气、对未来的希冀。

今天，南粤大地上正掀起保护南粤古驿道、发掘广东历史文化内涵的热潮，文化工作者、城乡规划建设者、运动员、院校师生等各行各业的有志之士，纷纷带上各自的知识与技能投身其中。而在粤东韩江畔，打造韩江南粤“左联”之旅和红色秘密交通线之旅的工作，也在省政府领导的高度关注和有力推动下有序展开。

一、韩江水滔滔，英雄儿女路

韩江是中国东南沿海重要河流之一，古称员江、恶溪，后因韩愈所著《祭鳄鱼文》，得名鳄溪，以梅江为源头，干流总长470千米，自北向南，蜿蜒错落，润养着南粤的英雄儿女。历史上的韩江，自然灾害频繁，唐代以来，史书多次记载韩江大水决堤之事，历经数百年治理方有成效。进入明清后，随着韩江水运商贸发展和港口码头建设，一个范围包括中国汕头、香港及东南亚的大规模贸易圈逐步成型，数量庞大的海外华侨华人带动了汕头货物量的持续增长。与此同时，新思想也与洋表、留声机、千里镜等新事物一道，沿外海、溯韩江传播开来，新式学堂、私营书店和民营报刊大量涌现，中国思想启蒙运动勃兴，对传统封建宗法产生强烈冲击。洪灵菲、戴平万、冯铿、柯柏年、梅益、陈波儿、杜国庠、许美勋、许涤新、唐瑜等"左联"文化青年的传奇人生就在这跌宕的时代浪潮中拉开序幕，在马克思主义思想的影响下，他们沿着韩江追寻着真理，远赴上海，为民族和国家抛青春、洒热血、寻出路。

二、艰难岁月，砥砺前行

1930年前后，国共决裂，外部势力虎视眈眈，为了进一步团结战线、扩大宣传，在中国共产党的领导下，以鲁迅为旗手的中国左翼作家联盟在上海窦乐安路（今多伦路）233号的中华艺术大学一间大教室里宣告成立，"左联"作家以马克思主义文艺理论为指导，创作了众多反映革命者在"白色恐怖"下的英勇斗争、工人阶级对资本家剥削的反抗和广大农民阶级的觉醒与反击的文学作品。

左联七常委中，最年轻的一位作家，是从韩江走出的洪灵菲，他在1926年加入中国共产党，撰写有小说《流亡》《前线》《转变》《归家》等，1934年中秋节前后在雨花台被国民党枪杀，年仅32岁。洪灵菲的好友戴平万，是"左联"早期的领导者之一、东北抗日联军早期创始人、新闻事业的先驱者和工人运动的领导者，撰写有《出路》《前夜》《苦菜》等，1945年不幸在兴化县落水身亡，年仅42岁。还有"左联"五烈士之一——冯铿，她也是一位富有才情的作家、革命家，性格倔强，以笔为刀，为妇女运动与革命事业展开了不懈的斗争，1931年被国民党枪决于龙华狱中，年仅24岁。试看她的代表作之一，充满乐观英雄主义的《红的日记》，一字一句，无不透出对家乡的浓情、对革命的热爱。

他们是真的不怕死，谁都有火般的气焰。“为什么我们需要那劳什子的鸟枪呢？我们的血肉、肌骨和拳头便是铜钱，我们的性命便是一颗炸弹！……”这些话就是他们说的，虽则说的不很正确。

三、缅怀先烈，不忘初心

回望先烈们短暂而光灿的生命，回溯他们在痛苦中蹒跚前行的历史，我们发现，英雄的名字一直有人珍重、有人牵挂。20世纪30年代，“左联”五烈士被害后，上海出版了五烈士的专刊，《红的日记》被翻译成日文和俄文，鲁迅先生提笔写下《为了忘却的记念》，怀想着他与五位英雄青年的点滴交往。今天，对“左联”五烈士牺牲始末的史学研究、对“左联”五烈士存世遗作的文学研究更是不断涌现，对“左联”革命历史感兴趣的人也越来越多，或许，已到了《为了忘却的记念》中所说的“记起他们”“再说他们”的时候。在广东省政府有关部门的推动下，结合河流治理和环境提升等民生工程，我们重走韩江，寻觅淹没在喧闹城镇中的粤东“左联”青年们生活过的痕迹，历时数月，找到了戴平万、洪灵菲和冯铿等“左联”青年的故居。伫立韩江边，涛声如旧，仿佛在对我们泣诉着过去那充满着激情与痛苦、坚定与茫然、牺牲与奋进的光辉岁月。

为了让沉睡的记忆重新苏醒，我们将依托静水深流的韩江，开拓一条南粤“左联”文化之路，自汕头西堤公园至梅州三河坝战役纪念馆，长150多公里，沿途将通过绿道串联陈波儿故居、洪灵菲故居、戴平万故居等众多有关“左联”的历史遗迹，以及龙湖古寨、凤凰山等人文景观、自然胜地，让更多的人在细看“左联”文化之路上的一屋一物、一草一木时，不仅可以欣赏山光水色的奇美，更可以感受革命先贤的挣扎与牺牲、强烈的热爱与憎恨，对今日来之不易的静好生活倍加珍爱。

韩江边上，还有丰富多彩的纪念活动，唤醒着我们对革命前辈的记忆。目前，结合韩江徒步节，沿途已设计安装有统一的“南粤古驿道”

标识，并保护修复了若干重要节点、建设了系列展示平台和休憩空间。在江湾大桥旁（江东镇一侧）的红棉公园，“左联”历史和相关作家生平、作品被缓缓铺开；在龙湖古寨和戴平万故居附近，也有一系列展示平台和游憩空间，供来往人们实地触摸曾发生在这方土地上的红色历史，多面地认识英雄志士们的成长历程、革命意志。依托韩江大堤，还有富有特色的标识和解说系统，为游客展示“左联”青年的文学作品、韩江的历史演变和潮汕地区的城乡发展变化，使韩江成为一条既蕴含文化韵味、历史意义，也含有旅游价值、生活气息的母亲河。

四、启尘封历史，寻当年线路

在深入挖掘“左联”文化和整理“左联”之旅线路的过程中，随着对汕头市镇邦路7号秘密交通站、梅州青溪棣萼楼、多宝坑革命旧址等的历史资料进行梳理，一条连接上海、香港、汕头、大埔、永定、长汀、瑞金，在历史上真实存在过的中央红色秘密交通线，重新回到了人们的视野中。在“左联”成立的1930年前后，为了加强党中央对地方苏区的领导，维系苏区稳定和发展，在周恩来同志的亲自主持和领导下，中央红色秘密交通线逐步建立起来，成功抵御多次反动派“围剿”，最终成为中央苏区唯一对外通道，被称为“摧不垮打不掉的地下航线”。这一条秘密交通线充分利用了潮汕地区商贸往来频繁、水路迂回曲折等特点，为中央输送了大量钱财、物资，安全护送过周恩来、刘少奇、陈云等党的重要领导人，确保了党的领导，促进了苏区的发展，承载了地下交通员的智勇经历和军民间的鱼水情深，为革命的胜利贡献了一份不可或缺的光与热。

中央红色秘密交通线水路经由上海、香港到达汕头，再乘船经潮州、大埔三河坝转汀江至茶阳，到青溪镇虎市村汀江，后转陆路最终到达瑞金，其在粤东地区的行进路线，与粤东“左联”之旅线路高度重合。同时，结合对邹韬奋、冯宪章史料的进一步发掘，这条红色文化生命线得以延伸至梅州，丰富了韩江的人文底蕴，澄明了韩江的革命历史。未来，这两条红色文化线路将贯通并联发展，形成南粤“左联”文化线+中央红色秘密交通线游径。另外，通过对红色革命遗址的保护和修复，汕头市镇邦街7号、海平路98号，大埔茶阳同天饭店，大埔青溪村的永丰客栈等革命历史的沉积之地，亦将焕发崭新的活力，成为红色文化旅游产业带的中流砥柱，带动镇村文化经济发展和人居环境改善。

红色，是血的颜色，也是生命的颜色。今天，我们在享受着平和的生活、便利的科技时，更应该由衷感谢时代迈出的每一小步背后，那些凝固的血痂、那些沉重的希望、那些浪漫的理想、那些还没来得及亲眼看见革命果实就燃尽了自己的年轻生命。保护历史文化人物故居，存留历史人物故事痕迹，是我们这一代人义不容辞的使命。相信，在大家的共同努力下，“左联”青年、地下交通员，以及那许许多多、无名无姓，却也为革命的火堆添过柴火的小人物们，都能以一种英雄的姿态永垂不朽，继续守护、继续凝睇着这片他们曾经热爱、为之奋斗过的土地！

第四节　推进南粤“左联”之旅规划设计与建设

一、故事的缘起

2021年3月2日，是中国左翼作家联盟成立91周年的日子。91年前，在中国共产党的领导下，有一群青年聚首在中华艺术大学校舍（今上海市虹口区多伦路201弄2号“左联”会址纪念馆）成立了中国左翼作家联盟，他们以鲁迅为思想的旗手，将书生意气淬炼为与恶决斗的血性，为危在旦夕的家国争取一线生机。

韩江沿岸，众多粤东“左联”文化青年工作、生活的重要革命历史遗址散落如珠，形成了一条兼有广东特色、艺术价值与红色记忆的文化线路。戴平万、洪灵菲以及陈波儿是韩江儿女的骄傲，溯江而上，还有“左联”作家冯宪章、蒲风等人的故乡。在“左联”短暂的历史过程中，这批来自韩江边的粤籍文化青年，在战火纷飞的年月里，以笔为戈，在新中国文化发展史上留下了光辉的一页，为那个风起云涌又充满情怀的时代献出了自己火红的心脏。早逝的洪灵菲、戴平万、冯宪章等“左联”作家对家乡、对韩江的怀念，在他们的文学作品中俯拾即是，既构成了创作中别具一格的地方特色，又使那些革命斗争、人民的反抗变得更加鲜活、切实。然而，随着岁月的流淌，洪灵菲、戴平万等原应熠熠生辉的名字逐渐湮没在时间的汪洋里，甚至对于韩江本地的人们而言，也变得有些陌生起来，他们那一句句呕心沥血、振聋发聩的“呐喊”，亦尘封在图书室、档案馆里，落满了寂寞的冷灰。挖掘和宣传革命先烈的英雄事迹，让他们的记忆与热望重新获得温度，成为时代赋予我们的光辉使命。

今天，我们以韩江为线索，以南粤古驿道保护利用工作为契机，满怀敬意地去挖掘韩江的历史内涵和生活在韩江边的粤东“左联”文化青年的点点滴滴。一方面，韩江是潮汕地区的母亲河，带动了大量移民、中外商贸和文化的往来，并影响了潮汕平原的城乡发展，汕头、潮州因水而兴，形成了樟林古港、龙湖古寨等众多活跃的商贸节点。发掘韩江的历史文化将进一步丰富广东地区的整体历史文化内涵，增强公众对家乡的自豪感、认同感。另一方面，将韩江与“左联”密切相连，在整治河岸过程中，完善配套服务设施、建设景观节点，不但能弘扬红色革命精神，更能带动沿线地区的河流环境质量和人居环境品质的提升，令历史的光辉反哺现实，让人们在对过去的观照中更加理解、珍惜当下。

二、规划的深化

为进一步加强韩江与“左联”的人文关联，我们联合有关部门组织开展了南粤“左联”之旅设计工作，提出三大愿景：一是打造有故事的河流，提取地域特色文化元素，铸就城市文化新名片；二是打造“返璞归真”的河流，结合河流综合整治，设计丰富的水体形态与地形空间，营造生态宜人的景观环境；三是打造有活力的河流，通过塑造特色文化景观，集聚人气，形成活力滨水空间。

南粤“左联”之旅的设计规划，择定了自梅州大埔三河坝至汕头入海口约150公里的南粤“左联”之旅展示线和190公里的中央红色秘密交通线两条主题游径，选定了7处景观节点，另有3处景观被纳入设计与施工规划，计划自梅州大埔三河坝至汕头西堤公园打造全长约150公里的游径，落实万里碧道、标识系统等重点工程，沿途串联戴平万故居、洪灵菲故居、陈波儿故居，以及龙湖古寨、蔡楚生纪念园等多处人文景点，并与中央红色秘密交通线呼应，形成韩江边上一道传统民俗与现代革命气质并存的红色风景线。

漫步于遥长的南粤“左联”之旅游径，我们可以闲坐于龙湖古码头水利公园、红棉公园，揣摩洪灵菲、戴平万和冯铿等“左联”文化青年的心境；也可以徘徊于韩江大堤沿岸，通过“左联”资料的解说标识牌，想象“左联”人物曾经的壮烈激昂，汲取韩江的历史与自然知识；还可以闲坐于溪口渡纪念亭，感怀前人创造的文学世界、留下的英雄足迹。

相较过往的历史人文景观规划，南粤“左联”之旅具有三大创新特色。一是研究方式的创新：从时间与空间的双重视角，深入发掘地方文化。项目以韩江的历史变迁为脉络，从政治经济、社会文化和城乡发展等多个角度条分缕析，梳理出韩江对于粤东的影响，以及粤东地区走出众多“左联”文学青年的原因，为南粤“左联”之旅的规划与设计带来丰富的人文底蕴与充足的文化后劲。二是表达方式的创新：以读书笔记为支撑，创新文化景观表现形式。项目广泛收集、研读南粤“左联”作家的文学作品，摘录精彩段落，以人物为单元，整理形成读书笔记，通过书籍、画卷等景观展示形式，传递爱国青年对家乡的眷恋、对革命的执着。三是利用方式的创新：以人为本，将历史文化传承与旅游休闲需要紧密结合。项目将藏于书籍当中的故事有效提炼，以韩江为展示载体，通过景观群集中讲述藏于街巷里弄之中的“左联”旧事，通过沿江绿道串联景点形成完整游憩体系，成为展示粤东形象的品牌亮点。

三、设计实施初见成效

目前，“南粤‘左联’之旅”项目已取得喜人的阶段性成果：项目规划设计、标识解说系统设计等各个板块均已通过专家评审，建设也已通过验收，一期项目红棉公园、龙湖古码头水利公园和溪口渡纪念亭现已全部建成，分别集中展示了韩江的历史文化变迁、南粤“左联”青年的生平与革命历程，成为当地居民了解家乡、休闲游憩的新场所。自2019年项目落成以来，南粤“左联”之旅已成为潮州新的爱国主义教育基地，众多干部群众自发组织参观，引来多家媒体报道，并在省市主要媒体刊发，让“南粤‘左联’之旅”这张文化名片的影响力和知名度更上一层楼。

修缮后的洪灵菲故居（来源：牛丞禹拍摄）

修缮后的戴平万故居（来源：牛丞禹拍摄）

红棉公园位于江东镇韩江堤畔，距洪灵菲故居仅2.5公里，占地面积约1200平方米。红棉树又名“英雄树”，正呼应了后人对洪灵菲烈士的怀念。现有的规划设计，充分利用现有韩江堤岸临水的带状坡地和植物，设置了入口小广场、文学小径、“左联”文学展示景观墙、休闲平台和观江台等景观，希望将文学意绪与自然乐趣融为一体。其中，“‘左联’文学展示景观墙”集中展示了韩江“左联”文学青年代表人物的生平事迹、活动、文学作品及家书文献等资料，有助于游人在丰硕

红棉公园入口景墙（来源：汕头市建筑设计院提供）

的物质细节中，将英雄先烈们作为一个个更具体的人来认识。“文学小径”则精选部分作品的片段，以景观的形式展现，便于游人兴之所至时阅读吟咏，使文学经验点滴融入日常生活。

龙湖古码头水利公园融入韩江历史文脉的设计元素，利用现有的堤岸基础设施，建构起一个集文化、科普和休闲等功能于一体的公共空间。在这里，韩江的水文史、航运商贸史、水利工程史以及龙湖古码头

龙湖古码头水利公园纪念柱及展台（来源：广东省韩江流域管理局《南粤“左联”之旅暨中央红色秘密交通线图册》）

历史文档图像等资料展示得错落有致，使公众在娱乐观光的同时，得以一窥韩江的历史文化底蕴，深化保护、爱惜水资源的意识。

在潮州市潮安区归湖镇的溪口村，戴平万故居附近约70米处，便是韩江的支流“溪美溪”，戴平万儿时曾在此嬉戏。而今，散布于溪边的纪念亭、展示景墙等设施缓缓铺开了戴平万的生平画卷及其部分文学作品内容，并介绍了溪口渡历史及溪口村在此地的水利设施建设，为往来的游人、当地的住民增添了文化气息与知识趣味。

溪口渡纪念亭（来源：广东省韩江流域管理局《南粤“左联”之旅暨中央红色秘密交通线图册》）

为进一步加强各个纪念节点的可达性，广东省自然资源厅专项支持在洪灵菲故居所在地江东镇、戴平万故居所在地归湖镇配套绿道建设资金，用以改善“左联”作家故居沿线环境，并进一步提升节点可达性。广东省城乡规划设计研究院的设计师与当地政府、工匠和百姓一起，投入绿道选线、设计和建设过程中，历时一年时间，新建和改造提升绿道13公里，新增配套服务设施10处，沿线配套标准化绿道标识和特色化南粤“左联”之旅解说标识，形成一条景观优美、文化内涵丰富的绿道线路。设计师考虑城市与乡村的不同特征，遵循“生态优先、以人为本、共建共享”等原则，坚持生态为基，与自然环境特征相结合，确保绿道在不改变原有生态基底的前提下，成为与当地自然环境和村落风貌高度契合的生态廊道。始终以人为本，与村民利益诉求相结合，满足游憩需求的同时兼顾村民日常生活使用，实现历史文化资源的可持续活化。

归湖镇凤凰溪绿道

秉承生态优先的理念，在绿道选线规划和设计中，特别注重绿道与当地山体、水系等自然特征相结合，依托现有资源和基础设施，串联“‘左联’青年”戴平万故居、王大宝墓（国家级）、凤凰溪、溪美村、凤凰山、凤凰溪、广东陆河花鳗鲡省级自然保护区等人文资源和生态资源，打造9处绿道节点，建设约6处配套服务设施。

归湖镇依托戴平万故居盘堤顶路改造绿道（来源：牛丞禹拍摄）

江东镇绿道

面对乡镇用地紧张、基础条件相对薄弱等困难，在场地现状环境和已有建设基础上，为赋予绿道多元化功能，充分展示城镇绿道之美，设

江东镇绿道标线和修缮后的洪灵菲故居（来源：南粤古驿道网记者熊灿坚摄）

计师将江东镇绿道环划分为3大类4小段，沿线串联了"'左联'青年"洪灵菲故居、三元塔、红棉公园以及农田景观等人文和生态资源，打造4处绿道节点。鉴于用地紧张等现实条件的制约，结合当地村民使用需求，以低成本的沥青路画标示线形式，创新展示江东绿道，兼顾生活使用和文化彰显。

四、持续关注，继往开来

2020年，在南粤"左联"之旅一期项目建成的基础上，韩江流域管理局启动了二期项目，进一步提升和丰富了"左联"主题纪念性景观节点，在汕头莲阳桥闸建设河口公园，重点展示莲阳河水文化、余锡渠治水故事和以杜国庠为代表的汕头籍“左联”人物；潮州庵埠建设赐茶树公园，重点结合陈波儿故居，展示陈波儿和她所代表的进步电影文化；在梅州中田村打造潭江古水驿，重点展示古水道驿站文化；在大埔改造建设韩汀线纪念地，重点展示中共红色秘密交通线跌宕起伏的故事和梅州籍“左联”人物。截至本书截稿时，二期项目已经进入施工收尾阶段，相信即将与公众见面，百姓又多了几处了解南粤“左联”文化，感受韩江美景的好去处。

“南粤‘左联’之旅”是一叶扁舟，借此，我们得以沿韩江溯源而上，追寻着过往的沉郁与辉煌。在这个过程中，我们窥见粤籍文学青年们的热忱与激昂，在流年里历久弥新，连通了昨天、今天与明天，鼓舞我们在回看历史的过程中，拾回炽热的初心，承继先辈的遗志，为更强大、更绚烂、更文明的未来终生奋斗。

南粤“左联”之旅二期项目设计图纸（来源：广东省“三师”专业志愿者陆倩莹，张郗和黄浩）

第五节 激活红色记忆，南粤“左联”之旅活动精彩纷呈

十年、五十年、一百年……弹指一挥间，便是天翻地覆，新时代已然到来。如今我们小手一点可远程下单，远隔万水千山之人也可如在眼前，但是烽火给韩江两岸烙下的印迹，却越来越模糊。人们在大千世界中，不忘前尘，但是要穿越时间，要想聆听近百年前南粤“左联”青年的奋斗史诗，仅有想象力是不够的，还要依赖某种人为手段。作为粤东地区的母亲河，韩江于2017年入选全国首届十大“最美家乡河”，并于2019年进入全国17个示范河湖建设名单。省委、省政府心系韩江流域的高质量发展，自全面推行河长制、湖长制以来，副省长、韩江流域省级河长许瑞生多次巡查韩江，对落实河长制和韩江流域水资源管理保护工作提出宝贵的指示与建议。值得一提的是，通过挖掘南粤“左联”与红色秘密交通线的革命遗产，广东将传承弘扬红色文化与广东万里碧道、南粤古驿道建设相结合，走出一条具有韩江特色的融合发展之路。

一、挖掘与呈现：南粤“左联”之旅呼之欲出

“在治水的同时激活红色文化记忆，规划建设南粤‘左联’之旅、中央红色秘密交通线之旅等文旅融合项目，很有意义。”2019年10月24日，时任广东省委常委、宣传部部长傅华在省韩江流域管理局编印的《南粤“左联”之旅暨中央红色秘密交通线图册》中作出了如是批示。弘扬水文化是“让广东河更美”大行动的八项重点任务之一，也是高质量规划建设广东万里碧道的一项重要内容。而韩江流域有着丰富的历史文化，其中的红色资源在进一步挖掘后，将为万里碧道的建设增添更多

革命的情怀、人文的光彩。

2018年国庆节期间，许瑞生副省长现场考察洪灵菲、戴平万等“左联”文化青年的故居，以及韩江有关堤岸情况，规划出一条融水利建设与文化传承于一体的康庄大道：“请省水利厅利用所管辖韩江之利，利用护堤、堤岸、码头、渡口等构筑物，结合省水利厅水利建设倡导的水文化，将粤东左翼文化青年的故事用适当的方式展示出来。”10月中旬，在省水利厅、自然资源厅的指导下，省韩江流域管理局、省城乡规划设计研究院、汕头市建筑设计院开展现场调研、踏勘工作。

2018年12月20日至21日，许瑞生副省长巡查韩江，并在汕头主持召开韩江河长工作会议，研究加强韩江管理保护、发展韩江流域水文化，要求传承“左联”文化精神，打造南粤“左联”之旅。2019年1月，省韩江流域管理局成立了项目建设指挥部，组织省城乡规划设计研究院、汕头市建筑设计院开展南粤“左联”之旅项目规划设计工作，编制南粤“左联”之旅项目规划、南粤“左联”之旅一期项目建设实施方案，并开展南粤“左联”文化，韩江水利史、水运史等资料的挖掘整理工作。

2019年2月，许瑞生副省长在省政府主持召开工作会议，研究推进南粤“左联”之旅与红色秘密交通线之旅规划建设工作。随后，省韩江流域管理局组织开展项目建设用地的地类、权属情况摸查，协调地方政府开展建设用地清拆等工作，并于2月22日组织施工单位提前进场开展施工准备工作。3月15日，项目正式开工建设，7月底一期项目（红棉公园、龙湖古码头水利公园和溪口渡纪念亭等3个堤岸纪念地）基本完工。在参建各方的共同努力下，顺利实现“一期项目2019年3月底前初见成效，2019年7月前完成建设”的目标要求。

二、再现革命记忆，传承红色基因

韩江流域以万里碧道为依托，结合南粤“左联”之旅规划建设，广泛深入挖掘南粤“左联”文化青年的生平、事迹和作品，以及韩江水利史、水运史，陆续开展了一系列形式多样、内容丰富的南粤“左联”文化保护传承弘扬活动。

2019年3月24日，南粤古驿道·第15届“联泰·悦水湾”韩江徒步节暨南粤“左联”之旅活动成功举办，省直有关单位负责同志、革命烈士后代、粤东籍体育界名人和韩江流域片汕头、潮州、河源、梅州、揭阳市河长代表以及广大干部群众约5000人参加了活动，在欢声笑语中感受韩江的美丽、增进对革命历史的了解。9月30日国家烈士纪念日，省韩江流域管理局联合潮州市河长办等单位在南粤“左联”之旅一期项目3个纪念地成功举办了“庆祝新中国成立70周年缅怀南粤‘左联’英烈”宣传纪念活动，在书声与歌声中遥祭先烈英魂、抒发家国情怀。10月22日，中国左翼作家联盟会址纪念馆、广州鲁迅纪念馆、潮州市人民政府及有关部门、省韩江流域管理局等单位在南粤“左联”之旅纪念地——红棉公园开展了“左联”文化交流活动，在洪灵菲故居、戴平万故居等革命遗址中重忆“左联”精神，开启沪粤两地“左联”文化交流的新篇章。同时，广东省文化和旅游厅、自然资源厅、水利厅、韩江流域管理局曾积极筹划，于2020年3月“左联”成立90周年之际，在韩江流域举办南粤“左联”纪念活动。

三、名片·风景线·历史书

结合广东万里碧道规划建设的要求，韩江流域以打造“水清岸绿、鱼翔浅底、水草丰美、白鹭成群”的生态廊道为目标，持续全面深入挖掘南粤“左联”、中央红色秘密交通线等韩江红色文化，以及水利史、水运史等韩江水利文化，将保护传承弘扬韩江文化与广东万里碧道、南粤古驿道建设融合发展，建设集中展现“左联”内涵和韩江历史变迁的沿线景观节点，进一步改善粤东地区城乡人居亲水空间。通过有机融合，南粤“左联”之旅将成为一张靓丽的广东水生态名片，一道亮丽的广东革命路程风景线，一本厚重的广东传统人文历史书，为往来的无数人们带来更多的欢乐与闲适、勇气与决意、智识与思考。

第六节　青年学生追思“左联”

2019年，汕头市金山中学组织了一场别开生面的读书分享会，广大师生阅读和分享了成长于汕头、潮州等地的“左联”作家撰写的文学作品，其中洪灵菲、戴平方和冯铿等人更是曾在金山中学就读的校友。青年学生用真挚的文字缅怀和致敬这些为了理想舍生取义的“左联”作家，体现了当代年轻人的理想与情怀。在征得学校和本人同意的基础上，本书收录了两篇金山中学学生撰写的读后感，分别是陈天乐的《沿着韩江读书——寻味“左联”中的“金中精神”》和林妍晞的《我眼中的流亡——读洪灵菲校友〈流亡〉》，在此一并呈现。

一、《沿着韩江读书》——寻味“左联”中的“金中精神”①

沿着韩江的长堤漫步。

享受着岸边的江风，惬意地度过这美好的休闲时光。或许正如本地人说，这里宁静祥和，民风淳朴，纵使到了现代化高速发展的今天，这里，仍然表现出一副“与世无争”的姿态。

然而，《沿着韩江读书》却给我们展现了不一样的韩江风貌，在20世纪二三十年代，这里孕育了一批富有先进思想与革命崇高理想的青年，为了自身的追求与对国家的热爱，以文学为武器，发出自己的声音，在那个充斥着“白色恐怖”的灰暗时代，他们高举马克思主义的旗帜，抨击带着“民主”的华丽外表的“吃人”社会，无论是身陷囹圄，还是抛洒热血，他们，在所不辞。

① 陈天乐：《<沿着韩江读书>——寻味“左联”中的“金中精神”》，http://www.infonht.cn/ViewMessage.aspx? MessageId=7494，2019年4月20日，有删减。

他们便是韩江边的文学作家，他们是“左联”的战士。而在我查询资料的时候，一个事实令我吃惊，在这些潮籍“左联”作家中，大多数人竟是我的学长。他们的身上带着一个闪耀的标签——金中。

他们，是那个时代的“金中人”。

作为金中“硕洞校史社”的一员，在一年的学习与研究中，我一直致力于发掘各个时代的“金中精神”与金中深厚的文化底蕴。“左联”的“金中文化”探究，便引起了我极大的兴趣。

在《沿着韩江读书》以及其续文《早逝的青春》中，作者谈及两位“左联”的金中校友：一位是“左联五烈士”中唯一的女性冯铿，另一位是“左联七常委”中最年轻的成员洪灵菲。他们皆为那个时代最为优秀的青年，希望以自己的文笔，抨击社会问题，为社会发展构建理想的蓝图。只可惜天妒英才，冯铿被暗杀于上海国民党警备司令部，而洪灵菲则就义于南京的雨花台。他们为中国的革命，献出了自己最宝贵的生命。

或许，受到西方浪漫主义文学的影响；或许，基于青年幻想式的追求。在他们的作品之中，出现了大量抒情式的语句，以至于鲁迅先生也批评他们有些“罗曼蒂克”，但他们，写作的主题最终仍导向民主、革命、前线与流亡。纵然身处充满血腥与残酷的现实世界，他们的内心仍不放弃对革命的理想主义追求，他们宣扬“爱情”“民主”“自由”和“人民的解放”。虽然在当时他们的革命思想存在一些不成熟的地方，但是，他们着实为了自己心中的“罗曼蒂克”做出了实质性的努力，为了发出时代的声音，他们不惜将自己暴露于敌人的枪炮之下。

我相信，无论是当时的鲁迅，抑或是现在的人，都会对这些青年给予支持和肯定，因为作为一股新兴的力量，他们刚刚走上革命的探索道路，其思想是焕发着活力的，是具有潜力的。而正是一代又一代的革命青年，承载着推动中国历史发展的使命，在黑暗之中寻求救国救民的道路，带领我们走到今天。换句话说，中华民族的振兴、走上社会主义的道路，亦是一代又一代革命青年的选择，这一切，基于他们内心的理想追求，他们为之也付出了巨大的努力。

“少年强，则国强”便是对此最精确的阐释。

而作为岭南地区的重点学府，金中，作为先进思想的发源地，也总能响应时代的号召，通过一批又一批“先进知识青年”的输出，为中国的革命与建设贡献力量。在民族与国家最需要支持的时候，金中人，总是冲在最前线。革命的创造精神与奉献精神，是“金中精神”在新民主主义革命时期最集中的体现。

记“左联”之中另一位革命先辈柯柏年，1915年就读于礐光中学（即现在的金山中学），他的原名，金中人听到了，都会觉得十分耳熟——“李春蕃”。只记得金中有位校长，名为李春涛，那么，他们又是什么样的关系？他们是兄弟。在李春涛与柯柏年的影响下，李家一门一共有五位兄弟走上了革命的道路。而且，他们都为金中的校友，由此可见，“金中精神”之强大，影响了乃至一个家族的人。

然而，有革命，就会有牺牲，在黑暗势力笼罩之下的中国，革命何尝是不流血的？1927年“四一二”反革命政变之后，蒋介石电令逮捕李春涛，李春涛未能逃脱追捕，最终于4月17日被暗杀于崎碌炮台；李春涛的堂弟李春霖，为了心中的信仰，加入共产党，成为一名红军战士，1937年，河西走廊的一场战役，成了他一生之中的最后一战，他悄悄地走了，可他的家人却不知他在何处，多少年来无人祭奠。

十年间，李家失去了两位亲人；金中，失去了两位可敬的校友；中国革命，失去了两位英勇的战士。他们的躯体倒下了，但他们的精神却一直涌流。在他们的引领下，一批批金中人加入了革命的队伍，一批批有志青年走上了革命的道路，用心中的烈火，照亮革命前进的方向。

在社会主义建设时期，这种金中精神，也发挥着巨大的作用。1950年朝鲜战争爆发，跟随志愿军抗美援朝，成为当时金中青年最大的愿望。他们热血沸腾，给志愿军写信，有的积极报名参军。在当时，有一批金中的青年志士被输送到了战场上，为抗美援朝尽自己的一份力。金中“硕洞校史社”的同学采访当时的副校长杨方笙时，提及这次事件，他非常激动，他还记得那些学生的名字，他的眼睛里依旧焕发着革命的激情。而在他任职期间，他经常给同学们讲李春涛、杜国庠的故事。在采访中，杨老校长也为我们讲述了杜国庠（“左联”文化的领导者之一）的故事，称其为他最敬佩的人，也希望我们下一代人，也能学习他们的革命精神，“金中精神”便是这样一代又一代地传承下来的。

“金中精神”之所以有这么强大的生命力，其原因，皆出于此。人们以为，来自学校的文弱书生和老师，都是一群只会幻想的柏拉图主义者，但事实证明，他们不仅仅会想，他们也会做。在革命的道路上，他们是真正的社会实践者，最终引导我们的社会走向正确的道路。

现如今，南粤古驿道正在兴建，“左联”文化也回到了人们的视野之中。作为金中人，我们也应在这种优良的精神文化熏陶之下，继续将“金中精神”发扬光大。

二、我眼中的流亡——读洪灵菲校友《流亡》有感[①]

在2019年3月24日“关爱母亲河”韩江徒步节活动中，我校79届校友许瑞生将自己撰写的《“左联”文学读书笔记》和粤东“左联”文学作品集赠予我们学校。在学校图书馆，我有幸借阅到了《洪灵菲》这本书。

翻开手中《洪灵菲》这本小说集，《流亡》这篇小说深深吸引着我。在阅读这篇小说之前，我对这类以“革命+恋爱”为题材的小说并不是很了解，只知道它在20世纪20年代兴起，兴起之后一直备受指责，所谓“公式化”“概念化”等缺点使得人们对它的研究和解读一直处于一种被遮蔽的状态。而洪灵菲的《流亡》正发表于这个时期。

《流亡》书写的是K大学毕业生、M党部的重要职员沈之菲因M党的一场变故，躲避逮捕，选择流亡的一段人生经历。故事开端于一个没有星也没有月，下着丝丝细雨的晚上，主人公沈之菲与恋人黄曼曼藏匿在租放着棺材的古屋里。四周弥漫着死尸的气味，沈之菲丝毫不畏惧，

① 林妍晞：《我眼中的流亡——读洪灵菲校友〈流亡〉有感》，http：//www.infonht.cn/ViewMessage.aspx？MessageId=7494，2019年4月20日。

并对心爱的恋人深情告白。在这浪漫的言语中，他似乎淡忘了流亡可能被捕的事实，保持着一种青春的激情与知识分子的小资情调。由于担心被捕，沈之菲连同黄曼曼逃往H港。途中他们的同伴讨论的并不是革命和国家大事，只是青年人的话题——恋爱，此时的他们似乎没有太多的革命激情与壮志。后来，沈之菲被迫与黄曼曼分开，孤身流亡。在流亡的过程中，他褪去小资产阶级的浪漫，渐渐懂得了生的困难，对于黄曼曼的爱与思念，支撑着他坚持革命。通过与黄曼曼的信件来往，沈之菲不断地倾诉自己的痛苦，也不忘劝说她一起革命，而黄曼曼也不断地鼓励他，在写给他的信中提道："家于我何有？国于我何有？社会于我何有？我爱的唯有我的革命事业和我的哥哥！"终于，沈之菲怀着革命的热血与爱人的共同信念，再次离开家庭，再次走上他的流亡之路。

在大多数人的眼中，《流亡》是一篇青春成长小说。作品中的沈之菲对于革命的信仰，只是为了谋生。洪灵菲将全文的重点放置在他流亡过程中的心理成长。流亡对于他来说，不仅是认识革命的一种过程，更多的是丰富人生阅历，走向成熟的过程。在小说描写中，流亡中的沈之菲由一名年轻气盛的青年学生成长为历经人间冷暖、信念坚定的革命战士，完成了自我的青春成长与人生蜕变，终于从幼稚走向成熟。

当我沉浸在主人公四处奔波流亡的紧张氛围中时，塑造这一人物形象的作者洪灵菲——也引起了我的注意。在此之前，我就曾听社团老师说过洪灵菲是我们的校友。为了更深入地了解他，我翻阅了不少的资料，这才知道，他的一生十分波折。1918年，洪灵菲考上金中，并于1922年以优异成绩从金中毕业。在金中学习期间，洪灵菲接受了校长李春涛及进步师长的新思想、新文化的教育和引导，如饥似渴地阅读《新青年》《新潮》《新生活》等进步刊物……他萌生了对民主自由的向往，并由此走上了革命的道路，加入了中国共产党。他用手中的笔进行创作，在思想方面为革命做出了巨大贡献。"白色恐怖"让他不得不开始流亡之旅，短短4个月时间里，他从广州到香港，从香港回汕头，然后是新加坡、暹罗（今泰国）……他东躲西藏，在香港被拘捕过，在新加坡栈房挨过饿，在湄南河上漂泊……饱尝辛酸苦楚，但他的爱国热情和忠于党的革命精神丝毫未减。1927年他结束了流亡之旅，回到党组织的怀抱。小说《流亡》的人物与故事情节与他这个时期的经历极为相似，在阅读小说的同时我们仿佛参与了他的"流亡"生涯。

洪灵菲作为"中国左翼作家联盟"领导核心之一，积极参与并发展壮大左翼文化的运动，仅仅从1927年冬至1930年春，他就写出了近200万字的文章，其中包括《流亡》。他的文学成就与他的爱国心和对革命的追求紧密联系在一起，中国文学在那一时期迅速发展正是因为有了一批"洪灵菲"们的努力。可这样一颗冉冉升起的星散发出的耀光，刺痛了国民党的眼睛，洪灵菲难逃厄运。因为叛徒的出卖，他在1933年7月被捕，次年中秋节前后，他被国民党秘密杀害。

若说《流亡》为洪灵菲的自传体小说，也并不夸张。从洪灵菲的革命经历来看，我们不难想象他对革命的热衷和对祖国的热爱，而这些都反映在了他的作品之中。反过来说，他的作品反映了他的人生，他的思想，他的经历。对于这样一位优秀的作家，我既惋惜他的英年早逝，更为他是我的校友、我的师兄而自豪！

第五章 铭记

阿瑞笔下的韩江和南粤『左联』青年（节选）

在南粤“左联”之旅工作开展过程中，广东省规划师建筑师工程师志愿者（简称“三师”专业志愿者）发挥了重要作用，专业志愿者阿瑞便是其中的实践者，他毕业于华南理工大学建筑学专业，具有扎实的专业基础，他通过查阅史料、实地探查，获得了关于粤东地区“左联”文化青年大量第一手资料，为开展南粤“左联”之旅工作，妥善修缮“左联”文化青年故居，扩大南粤“左联”之旅影响力奠定了扎实基础，阿瑞发表于南粤古驿道网的读书笔记，内容详实丰富，从大到小，由浅入深的阐述了粤东籍几位重要“左联”文化青年的成长背景，并为南粤“左联”之旅工作开展指明方向。经征得阿瑞本人同意，将其读书笔记进行收录和适当编辑，在此一并呈现。

第一节　南粤水驿从木船至电船的变化[1]

韩江流经原梅州、潮州及潮安。潮安原称海阳，海阳因与胶东半岛的海阳县重名，于1914年易名为潮安县，属潮循道。1951年，广东省人民政府粤东办事处在潮安县设立，同年，粤东办事处已是明日黄花，取而代之的是新成立的广东省人民政府粤东行署。1992年也是个重要的时间节点，其时潮安县已恢复建制，县城初定枫溪镇，而后又迁址庵埠镇。

20世纪二三十年代，铁路、公路运输不发达，古驿道难以满足物资运输需求，韩江作为跨越闽粤两省18个县市最长的河流，为水运发挥着不容小觑的作用。韩江潮安到汕头段河宽水浅，枯水期航道水深为0.3～0.5米；梅县至松口段，湍急的水流在弯弯曲曲的航道中淌过，底下

①　阿瑞：《南粤水驿从木船至电船的变化——以韩江为例》，http://www.nanyueguyidao.cn/ViewMessage.aspx?MessageId=6693，访问日期：2018年11月19日。有删减。本文所有历史照片均引自周翠珊、李榭熙著《外境与视野——潮汕中外交流的光景记忆》一书（生活·读书·新知三联书店2017年9月版）。

礁石林立，水深在枯水期亦不超过半米。

鸦片战争前后，汕头一带种蔗制糖业有喜人的发展，这带动了制糖的出口量水涨船高；与此同时，伴随着农作物耕种面积的减少，这一区域的粮食进口量显著增加。

汕头开埠后，一跃成为以前广东省惠州西北部、嘉应州、潮州北部以及福建西部等地区到广州交易必经的进出口货物通道。改道经韩江在汕头进出口，韩江的水运功能显得愈发重要。部分潮汕、客家人迁徙海外之后，仍对故土投以深情，生活上更青睐家乡的日常用品和特产，这为出口贸易又开辟了一条门路。

一开始，轮船为清廷作缉私之用，外国人被雇用担任驾驶人员，船上配置水勇，这些水勇也是广东民营轮运业驰骋水上的弄潮儿。

粤海关在沿海设关口、正税口、稽查口、挂号口等60余处。1859年，清廷雇用外国人代收关税，设立新关，任命外国人为税务司，管理“洋式船口”；而管理“华式木船”的海关称为“常关”。这一制度一直持续到1901年，待时移而势迁，又规定外国人管理“常关”，以50里为半径，木船的管理权又落入外国人手中。盐船由官方盐运司控制，制造基地散布于广州、潮州、海南等地。不同河段的功能与使用形式略有差异，在高陂、三河、梓溪的水上，盐船与哨马船击楫而破浪。粤盐产量每年不一，举例来说，民国二十五年（1936年）为500万担，约占全国总产量的10%。[①]按照1931年的统计，其时广东省有惠来、乌石、三亚等盐场共12处，整体上粤盐呈现出东至闽汀、西达贵州、北达浙赣的产出格局。

潮阳后溪也被叫作棉城河，1868年由知县张碚与绅商商讨筹款疏浚。其后，潮州籍提督方耀于1871年接过疏浚通航的接力棒，统筹各方百姓的力量，对境内宋代开浚的三利溪进行了大规模疏浚，保证大部分河段可通航。时光荏苒又三年，在梅溪一带的航道尺度与水流条件无法

① 广东省立中山图书馆编《广东民国年鉴丛编》（六），岭南美术出版社，2017，第16页。

满足通航需求之时，绅商与其他民间力量在方耀的组织下再次被召集起来，一项如火如荼的疏浚工程随即展开。多年以来，疏通、扩宽与挖深水域，改善河道环境，提高通航效率是一批又一批的地方官员在韩江流域作出的共同"政绩"。

其后至海航设施的设置，清政府决定由海关总税务司经办。德州岛也称鹿屿，1880年建鹿屿灯塔，为汕头港引航是它的不渝使命。同年表角灯塔屹立而起，多年来，表角灯塔见证了历史的波澜壮阔，也历经着岁月的沧桑巨变。

经饶宗颐先生研究，韩江流域内行驶的木船类型及名称纷繁，且与水域地名之间有着相当紧密的关联，像枫溪船、岐岭船、镇平船，此外还有哨马船、龙眼象船、银溪船、尖船、龙眼鸡船等，不一而足。

当时，汕头港是广东最大的沿海木帆船贸易港口。从汕头西堤出发，向北航行23里到达赤凤、47里到达潮安，若目的地是三河坝或高陂则需分别再上行18里、50里，此外，还有更小的河道，借以抵达西面的五华，抑或北上30里至松口。在这些地方临江眺望，都能看到水运客运站，而潮安、高陂、松口、东山所设立的港务所，更是其时繁忙码头的最佳见证。在以汕头为起点的附近沿海，频繁穿梭于汕头、汕尾、神台、碌石、黄岗、东陇之间的民营小汽轮就有30余艘，成就了20世纪20年代末的一时盛况。1935年减少为11艘。韩江小轮船自1911年开始由梅州大埔人罗云石经营的"捷安轮船公司"承包，行驶于潮州，大埔为开端。十年之后，有20余艘电船。

水利天下，善莫大焉。海道发展蒸蒸日上，让无论是从京城到广东上任，还是广东卸任北上的官员，都逐渐改乘轮船由海上往来，而不再涉江越岭又经迢迢千里过北江。海道轮渡的安全性更有保障，这让韩江流域民众从家乡移民东南亚的速度随之提高。

郭嵩焘于同治二年（1863年）赴广东任巡抚，就是从上海乘外国轮船至广州，包舱房四间。1899年，航行汕头近海的小轮船有6艘，1875年新加坡华人邱忠波经营的"万兴轮船公司"的轮船往返于新加坡至厦门、汕头、宁波和上海之间，在蜿蜒的海水之上，建立起清廷与狮城的经济联结。水面亦留下了华人移民远走他乡时不舍而又决绝的倒影——从汕头到新加坡、曼谷的移民，十分之九是乘轮船，其中，万兴轮船公司轮船的乘客达到了半数，这是1879年的数据。及至1909年，有两艘华暹公司轮船行驶于汕头、暹罗之间。[①]

汕头开埠后，韩江流域的水运发生了重大变化，即以前广东省惠州西北部、嘉应州、潮州北部以及福建西部等地区必须经内陆到广州交易的进出口货物，这时都改道经韩江在汕头进出口，从而增加了韩江的水运量。随着江面上的船舶吨级越来越大，奔流不竭的韩江水，真正托举起了迈向现代的水运之梦。汕头开辟为商埠后，大量棉花从汕头进口，除潮安、潮阳、揭阳等地的纺织业不再以北方棉为原料而改用“洋棉”外，兴宁用的外国棉纱也基本上不再从其他地方进口，而改从汕头购入。棉花入韩江后，再转小河宁江而达兴宁。

汕头出口的有纸类、烟丝、大埔烟丝和高陂瓷器、枫溪陶瓷、潮州锡器等，饱含了韩江丰富而沧桑的水文化。

管理洋轮的常以“海关”称之，而中国人管理的“华式木船”，常称为“常关”。1862年设海关理船厅，航政主要包括引水权和批泊权。

汕头港由水而生、因船而旺，是当时广东最大的沿海木帆船贸易港，到清末却渐渐显现出衰颓之势。第一次世界大战期间，由于轮船短缺，汕头木帆船再度兴旺，有些木帆船配上小发动机，可任意悠游于香港与台湾之间。然而，自炮火硝烟燃起之后又不断衰退，譬如1935年减少了34%。

江涛阵阵拍岸，而帆樯如织，船只往来不绝。潮州以上的韩江木帆船自成体系，由于河道浅且弯曲，仅允许行驶百吨以下的小轮船，以电船为主，中上游仅能行驶20吨的小电船。韩水系的小轮船多为客轮，货物全赖木帆船承揽，称为“篷船”，出现了上行由电船拖带的变化。

潮州至梅州大埔，以人力、风力行走的篷船需行七八天，洪水季节

① 《广东航运史》编审委员会：《广东航运史（近代部分）》，人民交通出版社，1989，第88页。

则需半月以上。电船出现后，商人为增快货物的运输速度，上水时多雇一小轮船拖带三五只篷船，安全平稳，枯涨水无碍，航行时间缩短八分之七，当青峰叠涌迎面而来，再回首已是渺然千里；下水时篷船单独放行。①

渔船和电动船被吹翻，对当地渔业和运输业造成严重的打击

在公路与水路衔接方面，韩江接纳邻省物资一般由江西九江、赣江集散，再由梅州蕉岭、梅县、平远的商东，经平远转运蕉岭新铺或平远坝头，用小船中转至梅江，再接驳轮船经韩江运输至线路末梢汕头埠。

20世纪60年代，当地积极探索整治浅滩堆石坝的新思路，鱼子坝、望郎滩、三河坝、银滩和潮安东津浅滩等水清岸绿换新颜就是受益于此，同时令人欣慰的是，汕头至潮安的航道提高至0.7米。凿建蓬洞运河的序幕自1964年正式拉开，运河纵贯4公里，底宽25米，并于1965年投入使用。至此，潮安凭借航运条件的改善通达四方，润泽后世子民。

江城相依，城市里有了水，就有了灵性、有了历史底蕴。自1958年开始有计划地利用韩江自然水力开展木排拖运。福建西部及江西一带，在产区扎成木排，由人工沿韩江撑运到汕头，并在乌桥西堤内河装船，再由内河船拖运，设立水上贮木场，将木排接驳至大货轮运往广州。

潮州潮安江东镇的龙湖古寨处于韩江西溪护堤路旁，由此步行约两公里就能到达江东大桥，此处曾经商旅辐辏、市廛云集，是重要的古贸易聚集地。目前江东镇管辖着29个行政村与1个居委会，约有6.98万人居住于此。站在这两个地方，映入眼帘的是植被丰富、绿树相映的绝美画卷，以及不远处水清景美颜值高的江岸线。可以说，其自然景观为展示“左联文化青年纪念地和韩江水利史”奠定了良好的生态底色。

① 《广东航运史》编审委员会：《广东航运史（近代部分）》，人民交通出版社，1989，第210、第216页。

第二节 粤东文学青年冯铿与蒲风笔下的韩江母亲河[①]

2019年3月2日，恰逢“左联”成立89周年纪念日，上海市多伦路举办了一场“致敬左联，以戏剧之名”为题的纪念活动。3月24日，在广东的韩江，南粤“左联”之旅也正式启动。早春三月，跟随“左联”文化人青少年时期的足迹，沿着韩江徒步郊游，多了份文学情感和敬意。

关于韩江郊游，17岁的冯铿，在一个中秋节假期里，与同学3人结伴乘汕樟轻便车到T城（指汕头）游玩，有感而发，写了一篇杂记《休假日游记》，此文刊载在汕头友联中学主办的《友联期刊》第五期。在文中，特别对汕樟轻便车经过长长的木桥，而底下是涌动的韩江，发出赞美！

2018年国庆时的韩江（来源：广东省“三师”专业志愿者阿瑞拍摄）

“到了一处，车要经过一条很长的木桥，下面是外砂江。到了桥的中间，一望这浩漫的江水，都是砂红色的，一阵阵的翻起波浪，雪洁的白鹭，翱翔在天空海上。呵！这是如何美化的富有诗意的自然呢？如何伟大神秘的自然呢？吾不觉深深的醉陶了！”[②]

① 阿瑞：《冯铿和蒲风笔下的韩江》，http://www.nanyueguyidao.cn/ViewMessage.aspx?MessageId=7351，访问日期：2019年3月22日。有删减。

② 《友联期刊》1925年第5期，广东省立中山图书馆藏。

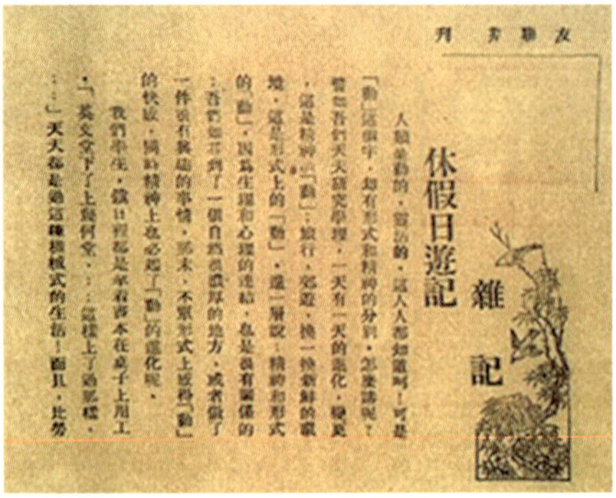

友聯期刊

雜記

休假日遊記

冯铿在《友联期刊》第五期上发表的杂记节选（来源：广东省“三师”专业志愿者阿瑞拍摄，原文藏于广东省立中山图书馆）

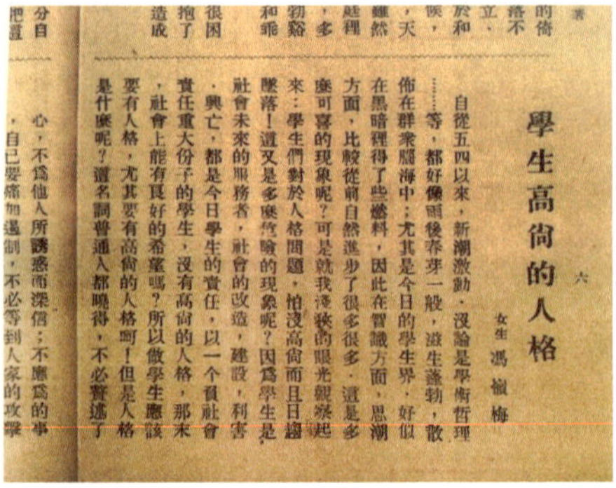

學生高尚的人格

六

女生 馮嶺梅

自從五四以來，新潮激動，沒論是學術哲理……等，都好像雨後春芽一般，滋生蓬勃，散佈在群衆腦海中；尤其是今日的學生界，好似在黑暗裡得了些燃料，因此在智識方面，思潮方面，比較從前自然進步了很多很多，這是多麼可喜的現象呢？可是就我淺狹的眼光觀察起來：學生們對於人格問題，怕沒高尚而且日趨墮落！這又是多麼危險的現象呢？因爲學生是社會未來的服務者，社會的改造，建設，利害，興亡，都是今日學生的責任，以一個負社會責任重大份子的學生，沒有高尚的人格，那末，社會上能有良好的希望嗎？所以做學生應該要有人格，尤其要有高尚的人格呵！但是人格是什麼呢？這名詞普通人都曉得，不必贅述了

《友联期刊》第四期，冯铿著《学生高尚的人格》节选（来源：广东省“三师”专业志愿者阿瑞拍摄，原文藏于广东省立中山图书馆）

《友联期刊》共有36篇诗歌、小说、评论、演讲和杂记，其中评论2篇、短篇小说2篇、杂文1篇，可见当时作为学生会执行委员会出版科科长的冯铿是热情的、尽职的。

水驿是南粤古驿道重要的组成部分，韩江古水道在近代出现了多种交通工具。1903年，印尼华侨梅县人张氏兄弟筹资兴建潮汕铁路，1906年通车，从汕头至潮州、意溪，线路长42.1公里，运行33年。1915年，又建汕樟轻便铁路，先通车到外砂，1923年通至澄海。全长16公里，采用手推轻便客车，共有200辆。路基铺复线铁轨，使用人力推动滑行。1932年，由于营运汽车的兴起而被淘汰。

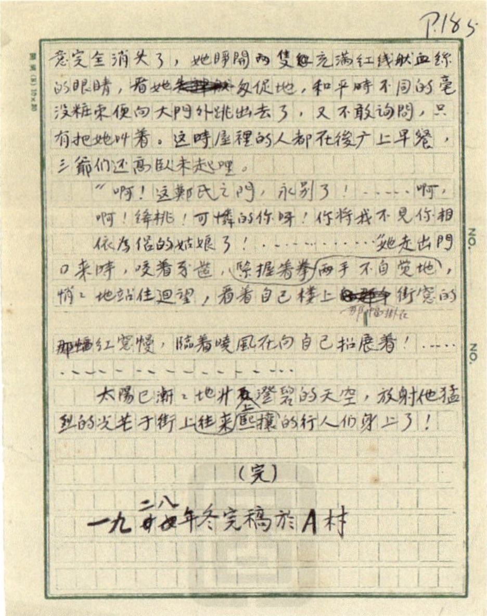

P.185

意完全消失了，她睁開兩隻充滿红线般血絲的眼睛，看她匆促地，和平時不同的毫沒粧束便向大門外跳出去了，又不敢詢問，只有把她叫着。这時屋裡的人都在後广上早餐，三爺們还高臥未起哩。

“啊！这鄭氏之門，永别了！……啊，啊！绛桃！可憐的你呀！你将我不見你相依為侶的姑娘了！…………她走出門口来時，咬着牙齒，緊握着拳兩手不自觉地，悄悄地站住迴望，看着自己楼上那幅掛在街窗的那幅红窗幔，臨着曉風在向自己招展着！……

太陽已漸漸地升上澄碧的天空，放射他猛烈的光芒于街上往来熙攘的行人們身上了！

（完）

一九二八年冬完稿於A村

1928年冯铿在汕头时的写作手稿（来源：广东省“三师”专业志愿者阿瑞拍摄，原文现藏于中国国家图书馆）

冯铿沿韩江远足乘坐的就

是这种手推轻便客车，而“左联”诗人蒲风为我们留下的是另一种交通工具“火车”的回忆。

1930年，20岁的蒲风到了上海中国公学大学部文史系读书，第二年岁末利用假期从上海回到家乡梅县隆文乡坑美村。此时，年仅24岁的冯铿已经在上海离开了人世。蒲风在沪乘海轮抵达汕头后，再溯韩江而上。1931年12月31日，蒲风在日记中记录了归家路途上的情形：

“大批同学都于早上八点乘车赴潮，我和宋君，则因要想到商业学校一行，所以决意改乘十点半钟的车。十点半钟，火车开始走动，但车行极慢，车站又多，抵潮时已将近下午二点了。在车上已知道明后天无有赴松口之轮，于是临时改变了原议，不打算再滞留潮州一日了。……知了启行时间为下午三点三刻左右，便到湘子桥买了一瓶鱼味，返来已近三点。点过了东西，一下船，轮机已动，不久，买了船票——每人不足四元——船就慢慢地离开了潮州。”①

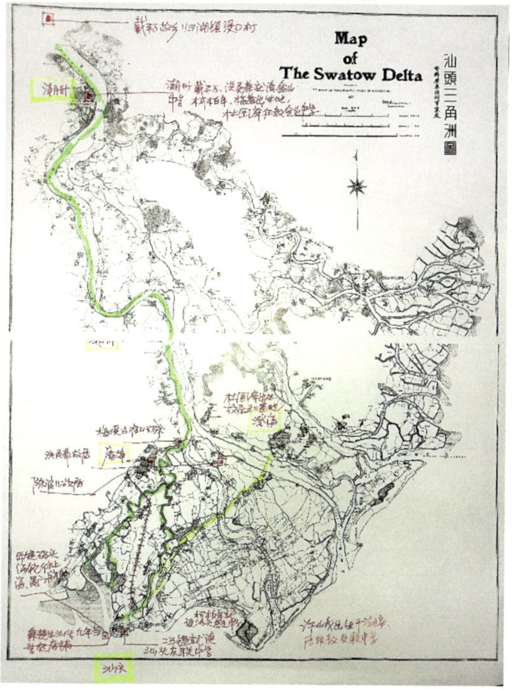

部分“左联”作家故居在韩江流域的位置和铁路的走向（来源：广东省“三师”专业志愿者阿瑞根据古地图自绘）

到了松口，还要辗转数次才能回到家乡隆文乡坑美村。

1937年1月，蒲风离开福州到达他在日记中称为“第二故乡”的汕头谋事，并在2月8日的日记中写道：

① 李文儒编《蒲风日记》，山西教育出版社，1997，第93页。

"说是联运，火车票跟汽船票可以一次购买，比分买还略有小便宜。可是，这一联运反比其他汽船为慢了。弄得大家叫喊不已。事实上是该办房不顾旅客安全，竟招揽了五只货船，拖得简直有如没有走的一样。船是昨晚十时靠码头的。因为太晚了，上岸下得旅店来，也不免要麻烦到十二点；所以，联合了其他旅客数人，我们决意宿在原船。"①

从日记中可以读出这样的信息：当时，韩江"船拉船"的现象颇为突出，经常是汽船拉篷船。有时候，梅县的旅客为了节省时间，就在停靠韩江边的船上过夜，有的是在汽船上，有的是在篷船上，路程艰苦可想而知。

蒲风在同年5月17日的日记中写道：

"我没有走成功，原因是只有日轮一，别的一艘却买不到票。本来除招商局的以外，都是外轮，都是帝国主义者的经济侵略，要打倒也不外是迟早的问题而已。那么，在目今买不到招商局的船票的当儿，搭乘外轮原是天经地义；既是外轮，不奈何时日轮又有何妨？——卒之没有下船，这半是天候不好，半是明天有便利快轮所致。"②

洪灵菲在潮州《留省学会年刊》所发表的《野浴》则是儿时于韩江游水的美好情景的再现。

蒲风在离开家乡时的日记中写道：

"母亲是最难满意游子的飘泊心怀的。然而，她的热力却是非常伟大，伟大到千里吸引游子归家的啊！"

1942年，31岁的蒲风在"皖南事变"突围后，高强度的行军使其肺

① 李文儒编《蒲风日记》，山西教育出版社，1997，第93页。

② 李文儒编《蒲风日记》，山西教育出版社，1997，第172页。

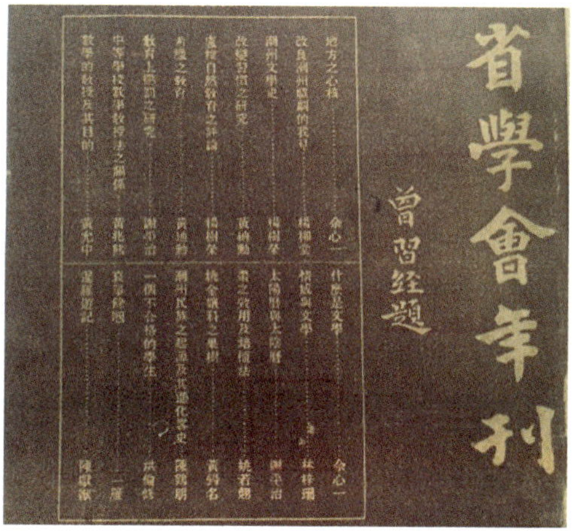

省學會年刊
曾習經題

什麼是文學……余心一
情感與文學……林梓珊
太陽曆與太陰曆……謝平治
棗之效用及培植法……姚若翹
桃金孃科之果樹……黃錫名
潮州民族之起源及其進化客史……陳鶴朋
一個不合格的學生……洪倫修
哀箏餘咽……一雁

潮州《留省学会年刊》封面和目录（来源：广东省“三师”专业志愿者阿瑞拍摄，原文现藏于广东省立中山图书馆）①

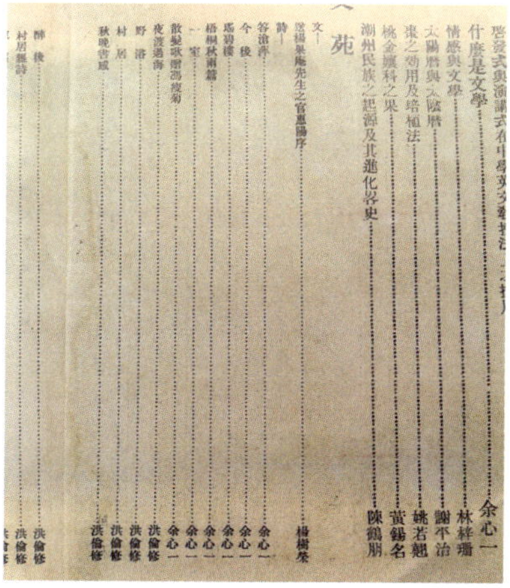

啓發式與演講式在中學英文教授法
什麼是文學……余心一
情感與文學……林梓珊
太陽曆與太陰曆……謝平治
棗之效用及培植法……姚若翹
桃金孃科之果……黃錫名
潮州民族之起源及其進化客史……陳鶴朋

苑

文一
還揭巢庵先生之官惠陽序……楊樹棻
詩一
答滄萍……余心一
今後……余心一
瑤碧樓……余心一
梧桐秋雨篇……余心一
一室……余心一
散髮歌謝馮瘦菊……余心一
夜渡過海……洪倫修
野浴……洪倫修
村居……洪倫修
秋晚書感……洪倫修
醉後……洪倫修
村居雜詩……洪倫修

收录“洪伦修”（即洪灵菲）写作的《夜渡过海》《野浴》《村居》和《秋晚书感》四篇杂文的目录（来源：广东省“三师”专业志愿者阿瑞拍摄，原文现藏于广东省立中山图书馆）

病复发，于8月13日在安徽省天长县逝世。生前，他写下诗句：“假如我战死，葬我时，把我的头朝向南方，朝向我亲爱的故乡！”早逝的洪灵菲、戴平万、冯宪章等“左联”作家对家乡、对韩江的怀念均出现在他

洪灵菲故居的草图（来源：广东省“三师”专业志愿者阿瑞自绘）

① 《一个不合格的学生》的作者“洪伦修”就是洪灵菲，《哀筝余咽》的作者“一雁”就是戴平万。

们创作的文学作品中，少年的记忆是永远的创作源泉，谨以此文，纪念这一批未能看到中华人民共和国诞生而献身的南粤“左联”青年作家！

戴平万故居的草图（来源：广东省“三师”专业志愿者阿瑞自绘）

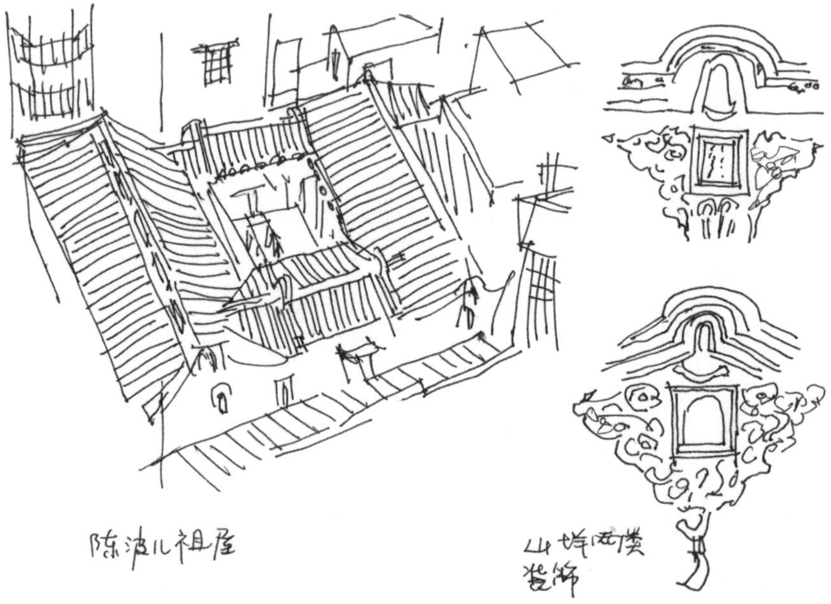

陈波儿故居的草图（来源：广东省“三师”专业志愿者阿瑞自绘）

第三节 从韩江走向上海滩——粤东“左联”文化青年的红色记忆[①]

2018年底，“左联”作家丘东平英烈因南粤古驿道（羊蹄岭古道段）活化利用而再次被公众认知，《贺绿汀》歌剧让我们怀念海陆丰农民运动的岁月。剧中丘东平与贺绿汀在海丰相遇是艺术再创作，在贺绿汀的回忆文章中是这样描写与丘东平的相遇的：

“当晚途宿荡杨庄姓崔的地主家，适值文学系丘东平同志也同住一处……当时我和丘东平闲谈问他是哪里人，他说他是广东海丰人，我忽然想起一九二七年底我在海丰东江特委会宣传部当宣传员时，看到那里有个儿童团的团长叫丘席珍，坐在办公厅里俨然像个大人一样，问他认不认识，他说‘那就是我呀’。”[②]

沿着古道前行，还有许多被尘封的红色记忆待重新唤醒，他们的身姿不应该永远模糊，而应该活在和平年代每个人的记忆中。

洪灵菲在他的《春》一诗中写道：

风雨连天染涕泪，
干戈满地独吟诗。
剧怜古道红棉树，
落尽千花人未知。

“左联”七常委指的是鲁迅、沈端先、冯乃超、钱杏邨、田汉和郑

① 阿瑞：《从韩江走向上海滩——粤东左联文化青年的红色记忆》，http://www.nanyueguyidao.cn/ViewMessage.aspx?MessageId=6387，访问日期：2018年10月9日。有删减。

② 贺绿汀：《敌后散记》，载朱泽等《新四军的艺术摇篮——华中鲁艺生活纪实》，江苏文艺出版社，1992，第86页。

伯奇，还有一位就是从韩江走向上海滩的洪灵菲。“左联”1930年成立，1936年解散，是介绍和传播马克思主义文艺理论的重要阵地。在上海1990年落成开放的“中国左翼作家联盟会址纪念馆”的大厅中，悬挂着七幅“左联”常委的照片，鲁迅居中，洪灵菲的照片是从右至左数的第二幅。洪灵菲出生于潮州韩江边的江东镇红砂村，1926年加入中国共产党，1930年3月出席“左联”成立大会并为七常委之一，是七常委中最年轻的作家。1933年被捕，1934年中秋节前后在雨花台被国民党枪杀，年仅32岁。1927年在致妻子秦孟芬的信中写道：“试别竹丝故居，泪痕笑声，何日再到认领？……然而悲欢离合，究寻常事，南北东西，亦等闲物。”

洪灵菲在1929年与妻儿在上海的合影

近年有雨花台烈士传丛书《洪灵菲传》和洪灵菲与家人家书来往结集《家信》出版。2018年9月27日，南京市举行“革命战士别样风采——雨花台英烈文学艺术作品展”，选取了邓中夏、恽代英、洪灵菲、谭寿林等17位雨花英烈的文学作品，展示革命者“国”与“家”的情怀。

红砂村洪灵菲故居，入口上书“亦瑞居”（来源：广东省“三师”专业志愿者阿瑞拍摄）

红砂村洪氏自明代从福建泉州晋江大御巷迁此定居，为敦亲睦邻，取村名“红砂”代替姓氏中的“洪”，即“洪砂”。

与洪灵菲一路从韩江走向上

洪灵菲故居山墙展顶传统装饰（来源：广东省“三师”专业志愿者阿瑞拍摄）

红砂村洪灵菲故居内院（来源：广东省“三师”专业志愿者阿瑞拍摄）

海滩的好友戴平万，是洪灵菲在城南小学的同学，1922年乘船同赴广东高等师范学校读书，1924年加入共产党，参加海陆丰农民运动。1926年回家，后与洪灵菲相约赴上海。“潮汕七日红”又从上海赴汕头，1927年冬又同洪灵菲乘船再奔向上海从事革命文艺创作，参加“左联”的筹备及成立大会，是“左联”12名筹备委员会委员之一。1930年至1934

老屋保留的洪灵菲父母墓碑上左边一小行字刻有灵菲字样（来源：广东省“三师”专业志愿者阿瑞拍摄）

记录戴平万家族戴氏家族历史的戴氏族谱（来源：广东省“三师”专业志愿者阿瑞拍摄）

年在东北，在出生于南海南庄紫洞格巷村的罗登贤同志的领导下，戴平万与杨靖宇、赵一曼等成为东北抗日联军的创立者。戴平万返回上海后，在1935年接替周扬的位置，成为“左联”最后一任党团书记。在1941年戴平万又与丘东平相遇在鲁迅艺术学院华中分院，任文学系教授，1945年不幸去世。

戴平万出生于韩江边潮州北部归湖镇溪口村，村后有韩江通向外部世界的古码头，水上运输是当年小镇发展的动力。戴平万父亲戴贞素是国文老师，洪灵菲是他的学生。村里的老人现在一回忆贞素老人，依然称为“老师”，而回忆戴平万时，仍叫他小名“阿岳”。

“左联五烈士”大部分人不陌生，但对作家冯铿也许淡忘了。冯铿出生于潮州枫溪云步镇，后在汕头礐石女校、友联中学读书，当小学教员时开始文学创作。1929年2月冯铿从汕头乘船抵达上海，同年加入中国共产党，在上海得到来自韩江边的杜国庠、洪灵菲、戴平万等人的帮助。1930年3月“左联”成立时冯铿就成为50多名盟员之一，发表了大量高水平的文学作品，得到鲁迅高度赞许。1931年2月7日在龙华警备司令部与柔石等人被秘密枪杀，同赴刑场的还有胡也频、李伟森、殷夫。

在“左联”的盟员中，潮汕、梅州地区的文化人成为“左联”的发起人或者参与者，是一大群体，除了洪灵菲、戴平万、冯铿、丘东平、杜国庠，还有许涤新、许美勋、唐瑜等。杜国庠出生于澄海县莲阳乡兰

溪口村戴平万和父亲戴贞素先生故居的房间（来源：广东省“三师”专业志愿者阿瑞拍摄）

戴平万故居门口（来源：广东省“三师”专业志愿者阿瑞拍摄）

宛村，1928年抵达上海并加入中国共产党。许涤新是揭阳县棉湖镇人，1928年先赴厦门后到上海，1933年加入中国共产党。之前，本人在《从南粤大地走向延安的热血文化青年》中介绍奔向延安的潮州人梅益，翻译家梅益在1935年加入“左联”，1937年在上海以“复社”的名义，在胡愈之策划下，与林淡秋等人共同出版了《西行漫记》，1938年又翻译《钢铁是怎样炼成的》，影响几代中国人。“左联”也影响到其他艺术门类，从韩江奔向上海的电影人同样成为中坚力量。除了在1930年作为作家加入“左联”，后来成为中国电影开拓者、北京电影学院奠基人的陈波儿，还有电影大师郑正秋、蔡楚生，均是来自韩江边的佼佼者。

蔡楚生在汕头小公园附近当学徒的商店[①]

如此多粤东青年成为“左联”的盟员，与汕头开埠后和外部世界文化交流增加、大革命氛围浓厚、社会风气逐步开放以及水上运输业发达有关。1921年，广东省治河处绘制的潮汕三角洲水系图基本反映了这些青年在潮汕时的交通、历史地理空间，有两条轨道交通汇集于汕头港，其中一条是潮汕铁路，1906年11月开通，约为39公里，为商办铁路[②]，此时汕头港的重要作用明显。

1872年11月由官督商办的轮船招商局（指1873年1月在上海成立的轮船

① 目前汕头正在策划建立蔡楚生电影纪念馆，此地离他出发至上海的西堤码头不到2000米。

② 广东省地方史志编纂委员会编《广东省志·铁路志》，广东人民出版社，1996，第16页。

招商局）的“伊敦号”客运轮上海—福州—汕头航线首航，1890年潮阳人肖铭风集资创办汕潮揭轮船公司①。鸦片战争爆发后至1898年清政府颁布《内港行船章程》止，外国轮船均可航行至广东所有的内河港口和沿海口岸。在“伊敦号”开通航线之前，广东水上运输业为旗昌、太古等外国轮船公司控制。1863年英国道格拉斯轮船公司和大英轮船公司垄断了汕头到香港、福州、厦门的轮船运输。

清末，汕头开通了到上海、广州的航线，近代水上运输业的发达改变了潮汕乃至粤东地区的区位条件，汕头西堤码头成为重要的出海口，轮船码头有木栈桥码头6座，为英商太古、怡和和轮船招商局所建。近代不少潮籍青年，从西堤码头登船，远赴上海发展。从踏上轮船那一刻开始，许多人的命运发生了彻底的改变。在酸甜苦辣的记忆中，相信多天的海上颠簸是少年的他们忘不掉的回忆。

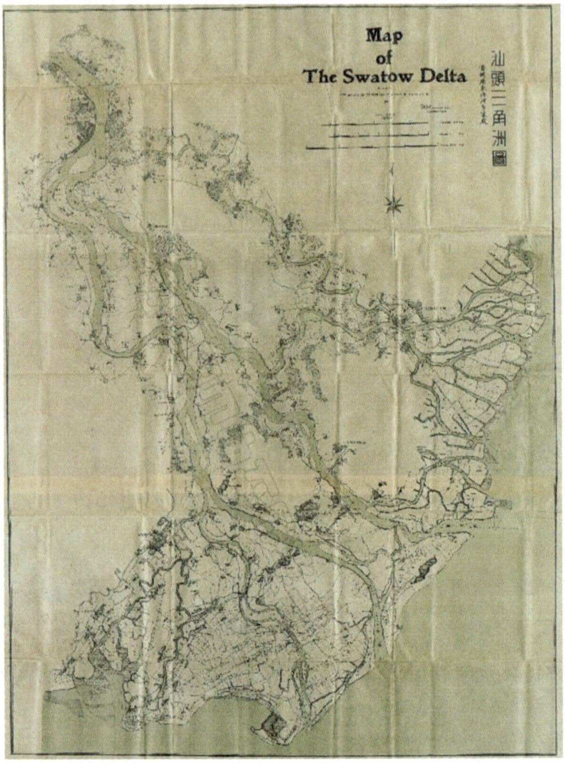

1921年广东省治河处绘制的潮汕三角洲水系图（来源：广东省“三师”专业志愿者阿瑞拍摄，原图现藏于广东省立中山图书馆）

1911年开始在韩江下游有“同生”“有大”“可大”“实大”4艘轮船经东溪行走在潮安、汕头东陇之间，1921年韩江沿岸有11家公司约有

① 广东省地方史志编纂委员会编《广东省志·水运志》，广东人民出版社，1996，第2页。

20艘轮船，往来于汕头、潮安、三河口、大埔、梅县、松口之间。这些轮船穿梭于潮汕三角洲韩江、榕江、练江和梅江之间，将内陆的旅客带到汕头码头出海。

韩江护堤是历代高度重视的堤路，南宋后是通往闽浙的要道，在没有公路、铁路运输的年代，担负运输功能。今天如果沿江边星罗棋布的村落将先烈之故里串联起来，自然可以形成一条南粤“左联”之旅线路。

许多潮籍的热血青年从韩江奔赴上海发展，汕头西堤码头是远航的

庵埠顺韩江至汕头出海口村落分布图（来源：广东省“三师”专业志愿者阿瑞拍摄，原图现藏于广东省立中山图书馆）

起点，从这出发是人生重要的转折点。汕头西堤公园设立了世界记忆遗产走廊，红色记忆理所当然是过去百年最重要的记忆。当西堤公园西面的牛田洋夕阳映红潮水时，那分明是他们对故土的眷恋。借用洪灵菲英烈的诗，表达古道红色记忆之义：

戴平万家乡溪口村后韩江的护堤路（来源：广东省“三师”专业志愿者阿瑞拍摄）

剧怜古道红棉树，
落尽千花人未知。

第四节 沿着韩江读书①

洪灵菲于1912年离开海阳县（今潮安区）红砂村到潮州，1934年牺牲，22年间辗转祖国南北。本人特根据有关回忆录和文献，绘制出洪灵菲22年人生迁徙图以资纪念。

洪灵菲1912年离开故居至1934年迁徙路线：

1912年离开红砂村。

1918年到达潮安。

1922年由潮安至汕头。

① 阿瑞：《沿着韩江读书》，http://www.nanyueguyidao.cn/ViewMessage.aspx?Columnld=188 MessageId = 6903，访问日期：2018年12月23日。有删减。

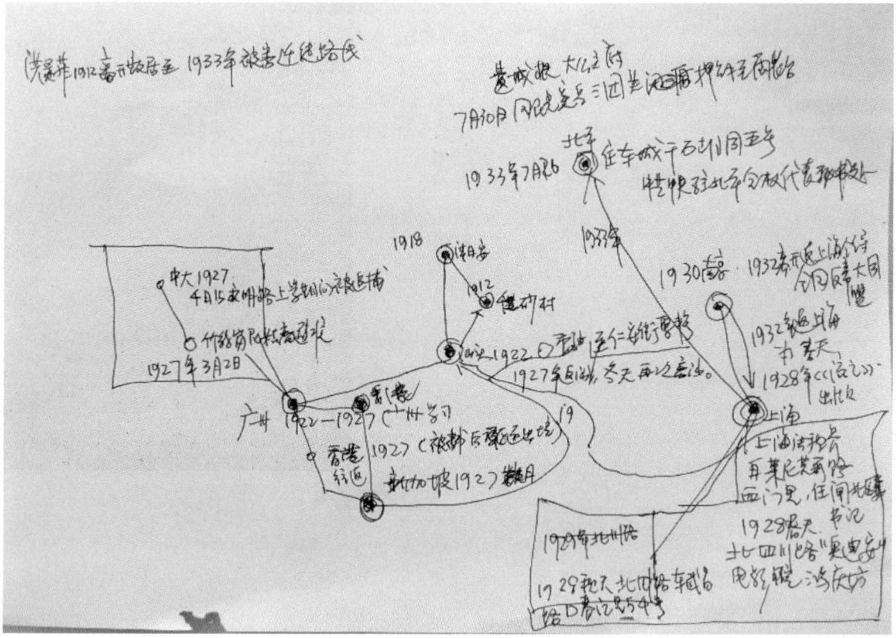

1912年之后洪灵菲迁徙路线（来源：广东省“三师”专业志愿者阿瑞绘制）

1922年由汕头至广州。

1922年至1927年在广州学习，其间在广州与香港之间往返。

1927年3月2日，在竹丝岗尼姑庵避难。4月15日在中山大学文明路上学路上被追捕，被捕后被驱逐出境，在新加坡辗转数月。后来返回汕头至仁安街聚丰号，冬天再次离开汕头。

1928年至上海，出版《流亡》一书，在上海法租界白莱尼莫哥路西门里，任闸北区委书记。

1930年，至南京。

1932年春天，由南京返回上海，领导全国反帝大同盟。

1933年7月26日，由上海至北平，在车城干石胡同五号，即中共中央驻北平全权代表秘书处担任秘书。7月30日，被驻扎在皇城根大公主府的国民党宪兵三团押解至雨花台。

本人于韩江边上的洪灵菲故居获洪瑞宁先生赠《流亡三部曲》，细读之后，耐人寻味，特摘选部分内容与各位共勉。

文中对广州群众革命集会有生动描述，例如《转变》对广州群众革命运动回忆：

现在是清秋时候了，蔚蓝色的天宇像积水潭一样渊澈。像女人的气息一样的凉风，吹下了一些不胜憔悴的梧桐叶。一般的诗人词客都被革命的高潮卷去；哗哩哗啦的声音，没有人来细心听取，成堆的落叶因此更加寂寞起来了。

S大学的运动场上和东郊较场上，差不多间几天便有群众大会。农工台时常在这样的大会中占着最重要的位置。慷慨激昂的演说词，嘶咽悲壮的口号，人头的蠕动，旗影的招展，……整个地表现出民族热血的沸腾，阶级意识的醒悟。在这样的群众大会中可以看出整个的中华民族已经甦醒过来，时代的潮流把这病夫国从坟墓之前带回来了。

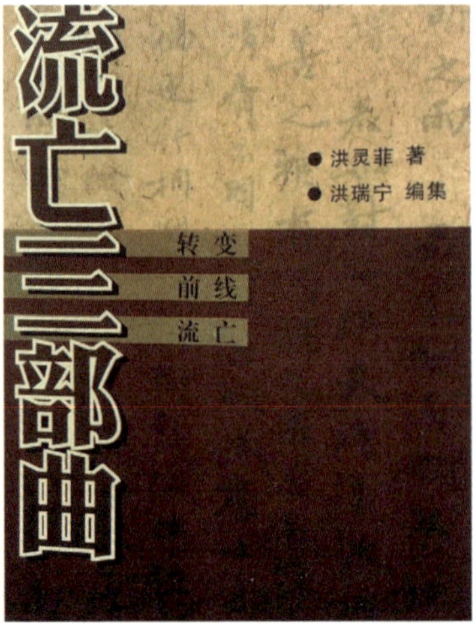

洪瑞宁编集的洪灵菲著的《流亡三部曲》封面（来源：广东省“三师”专业志愿者阿瑞拍摄）

街上的小孩，三五成群都在学着大人们手执纸旗，排列成行地在高喊着“打倒列强”，“打倒列强”的《国民革命歌》了。

李初燕因为对于学生运动十分努力的缘故，被选为本年度的学联会里面的重要职员。在人头攒动众手如林的会场中，他时常用他的镇定的态度，流畅的词令，去解决着许多问题。

文中对广州六榕寺环境的描写情中有意，例如《前线》中关于六榕塔的描写：

F古园，在六榕塔对面。原来是一个旧使署，现在可是荒凉了。但，那种荒凉特别饶有幽趣的。在那儿，落叶积径，没有人来把它扫除；苔痕在空阶上爬满，这时已是憔黄了。在那儿，有千百株交柯，蔽日的老树，树身上缀满青藤，翠蔓。这些老树荫蔽下的小径，是这样幽深，这样寂静。在那里走动着时，便会令人忘记现在是什么时代；便会令人想到太古的先民在穴居野外，有巢氏构木为巢的情调上去；便会令人想到中古时，许多避世的贤人在过着他们幽栖生活的情调上去。在这森林里面，风动叶动，日影闪映，都会令人想到鬼怪的故事上去。要是在星月闪璨照耀的夏夜，到这儿来散步，定会碰到像莎士比亚所著的《夏夜之梦》里面一样的鬼后，而且演出一场滑稽剧出来了。

在这个千百株老树掩蔽着的小径上走过去，便是一个绿草如秧的草场。这草场四面都围着茂密的大树，倒映着一个蔚蓝的碧落；碧落上，云影，日光，都在这草地上掠过。在那云影日光之下，令人想起遗世绝俗的生活，也有它的可以羡慕的地方来。但，这自然只是一个梦境，这梦境只可于中世纪求之；现在自然是说不到这些了。

文中对在韩江边的儿时嬉戏深深眷恋，例如《流亡》中作者对潮汕家乡的深情回忆：

约莫正午的时候，辞别了曼曼父女先从××车站下车的之菲，这时独自个人在大野上走动着。时候已是夏初四月了，太阳很猛厉地放射它的有力量的光线，在地上载满着炎热。在这样寂静得同古城一样，入耳只有远村三两声倦了的鸡啼声的田野中间，在这样美丽得同仙境一样，触目只见遍地生命葱茏的稼穑的田野中间，他陶醉着了，微笑着了，爽然着了。他忘记他自己是个逃亡者，他忘记死神正蹑足潜踪地在跟着他。在这种安静的，渊穆的，美丽的，淡泊的景物间，他开始地忆起他的童年的农村生活来。

——在草水际天的田野上，他和其他小孩一般的，一丝不挂的在打滚着，游泳着，走动着。雪白的水花一阵一阵地打着他们稚嫩的小脸。满身涂着泥，脸上也涂着泥，你扮成山上大王，我扮成海面强盗。一会儿打仗起来，一会儿和好起来。这样游戏尽够令他由朝至暮，乐而不疲。

——在那些麦垅之上，在那些阡陌之间，在那些池塘之畔，在那些青草之墟，在那些水沼之泽，树林之丛，他堆着许多童年之梦，堆着童年的笑着，哭着，欢乐着，淘气着的各种心情。

在《流亡》这部作品中，洪灵菲自言自语地表达出自己心灵深处的信仰：

"灵魂的被压抑，到底是不是一回要紧的事？牺牲着家庭去革命，到底是不是合理的事？革命这回事真的不能达到目的么？我们所要谋到的农工利益，民主政权，都只可以向着梦里求之么？现在再学从前的消极，日惟饮酒，干着缓性自杀的勾当不是很好么？服从父母的教训去做个孔教的信徒是不是可能的呢？"

他越想越模糊，越苦恼，觉得无论怎样解决，终有缺陷。他觉得前进固然有许多失意的地方，但后顾更是一团糟！过了一会，他最终的决心终于坚定了。他这样想着："惟有不断地前进，才能得到生命的真诠！前进！前进！清明地前进也罢，盲目地前进也罢，冲动地前进也罢，本能地前进也罢，意志的被侵害，实在比死的刑罚更重！我的行为便算是错误也罢；我愿这样干便这样干下去，值不得踌躇啊！值不得踌躇啊！你灿烂的霞光，你透出黑夜的曙光，你在藏匿着的太阳之光，你燎原大焚的火光，你令敌人胆怖，令同志们迷恋的绯红之光，燃罢！照耀罢！大胆地放射罢！我这未来的生命，终愿为你的美丽而牺牲！"

第五节　沿着韩江读书（续）——早逝的青春之歌[1]

茅盾认为："左联"在中国现代文学史上有着光荣的地位，它是中国革命文学的先驱者和播种者。它在中国现代文化史、文学史上是光

① 阿瑞：《沿着韩江读书（续）——早逝的青春之歌》，http://www.nanyueguyidao.cn/ViewMessage.aspx?MessageId=6926，访问日期：2018年12月27日。有删减。该文图片均引自姚辛作品《左联画史》（光明日报出版社1999年版）。

芒四射、流芳千古的。在韩江溯江而上，是“左联”成员冯宪章、冯剑南、任钧、碧野的故乡。

冯宪章（1908—1931），广东兴宁人，1927年考入上海艺术大学读书，同年加入中国共产党并参加广州起义。1928年留学日本并成为太阳社东京分社成员，1929年10月被日本警察拘捕，关押2个月后返国，1930年成为“左联”发起人之一。1930年在一次游行中被捕，1931年8月在狱中病亡，同年8月17日《文艺新闻》第23号发文称誉他是继“左联”五位作家牺牲后又一位为革命牺牲的“左联”文艺战士。

《文艺新闻》

1928年，他的《给一一》《战歌》《三一八》《警钟》《匪徒的呐喊》等政治抒情诗在《太阳月刊》和《我们月刊》陆续发表。在日本写了小说《游移》等，结有诗集《梦后》《警钟》《暗夜》等。

冯铿

早逝的青春，顺江而下遇见她的身影。1930年3月2日“左联”成立大会，可见冯铿的身影。在全国苏维埃区域代表大会上，她认真倾听苏区的斗争情况。1931年1月上海《妇女杂志》发表她的小说

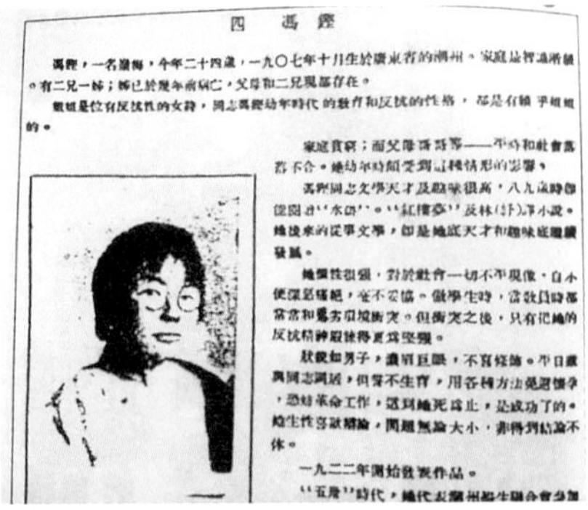

四　馮鏗

馮鏗，一名嶺梅，今年二十四歲，一九〇七年十月生於廣東省的潮州。家庭是智識階級。有二兄一姊；姊已於幾年前病亡，父母和二兄現都存在。

她是位有反抗性的女詩，同志馮鏗幼年時代的教育和反抗的性格，都是有賴乎姐姐的。

家庭貧窮；而父母爭鬧——不和和社會處處不合。她幼年時頗受到這種情形的影響。

馮鏗同志文學天才及趣味很高，八九歲時即便閱看"水滸"。"紅樓夢"及林(紓)譯小說。她後來的從事文學，即是她底天才和趣味底繼續發展。

她個性很強，對於社會一切不平現像，自小便深惡痛絕，毫不妥協。做學生時，當教員時都常常和舊勢力發衝突。但衝突之後，只有把她的反抗精神鍛鍊得更爲堅強。

狀貌如男子，濃眉巨眼，不喜修飾。平日雖與同志同居，但誓不生育，用各種方法免避懷孕，恐妨革命工作，這到她死爲止，是成功了的。她生性喜歡辯論，問題無論大小，非得到結論不休。

一九二二年開始發表作品。

"五四"時代，她代表潮州學生聯合會參加

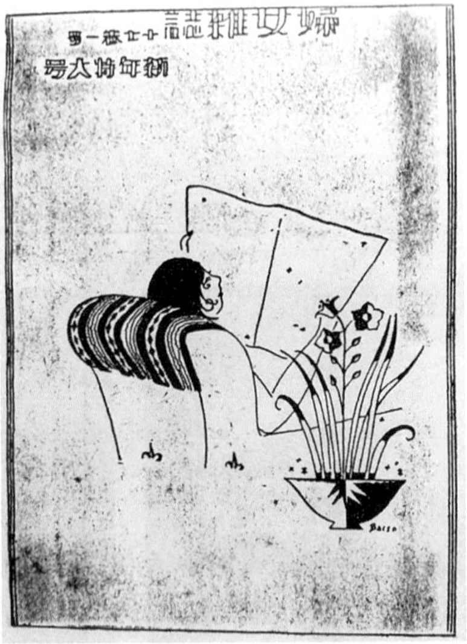

《妇女杂志》

《贩卖婴儿的妇人》。被害后，她的《红的日记》被译为《女同志马英日记》。

充满激情的丘东平于1932年在《文学月报》发表了关于海陆丰农民运动的短篇小说《通讯员》。1933年丘东平在日本他积极参加东京“左联”即中国左翼作家联盟东京分盟。丘东平难得一见地出现在日本的照片中，与包括黄新波（新会人、木刻

丘东平著作《多嘴的赛娥》

中国左翼作家联盟东京分盟成员合照

家）在内的东京“左联”成员合影，他手搭黄新波肩膀，可见其亲密的关系。

现代学者对戴平万的研究，始于天津出版社1981年出版的《踏青归来》，对戴平万佳作《村中的早晨》给予高度评价。对洪灵菲的研究，始于1979年10月鲍昌著作《中国现代文学研究丛刊》第一辑。

早逝的青春，不应在历史早逝，今天应依然鲜活。

洪灵菲著作《归家》

第六节 烈士遗著、历史地图与红色之旅[1]

“左联”作家戴平万在其遗著《出路》中对当年从上海坐船回到汕头有这样的描写：“M君呀，当轮船到M埠的时候，一切事情都完了！都失败了！我和于君！一踏上陆地，看见那恐怖的M埠市面：街上店门紧闭，行人绝迹；只有几个不能逃走的病兵和几个不怕死的乞丐，街头巷尾，坐着伸吟。”“我和于君知道事情不妙，就立刻坐了帆船，逃到于君的家里P村去。”“可是当我们在船里时，船帆高挂，在秋江里安稳地驶去，倒好像不是载着仓皇失措的我们一般。我悄立船头望一望故乡的景物。啊啊，万君呀，两暗的秋花野草，却连一点故乡的情调都没有了！它们都很寂寞似的，在缓缓的西风里震颠着。严寂的秋空，亦布满了灰色的云朵。远远的，野树围住的田村，亦絮着隐约的恐怖的幻影。

① 阿瑞：《烈士遗著、历史地图与红色之旅》，http://www.nanyueguyidao.cn/ViewMessage.aspx?MessageId=6405，访问日期：2018年10月1日。有删减。

于是我的心儿，凄然跳动起来了。”

这里以M埠代替汕头，以于君代替洪灵菲烈士，P村就是红砂村，秋江就是韩江。两位好友在上海知道了叶挺、周恩来南昌起义后转移到潮汕的消息，马上坐船从上海回乡准备投奔起义部队，可惜起义部队已经被迫离开了，他们只能在红砂村藏起来。之后在1928年，又在海丰参加农民运动，失败后又赴上海了。

利用保存下来的历史地图，了解一下当时两位文化青年登陆汕头埠、韩江及其两岸的历史空间。制作于1925年的《广东邮务区舆图》，在沿海用红线表示广东省海上的航路。清末至民初，除了太古、怡和经营华南航线，轮船招商局也参与竞争，在华南有广州—香港—汕头—厦门航线；20世纪30年代，怡和轮船公司开通广州—香港—汕头—上海—青岛航线和广州—香港—汕头—厦门—福州—上海航线，均为每周2班；

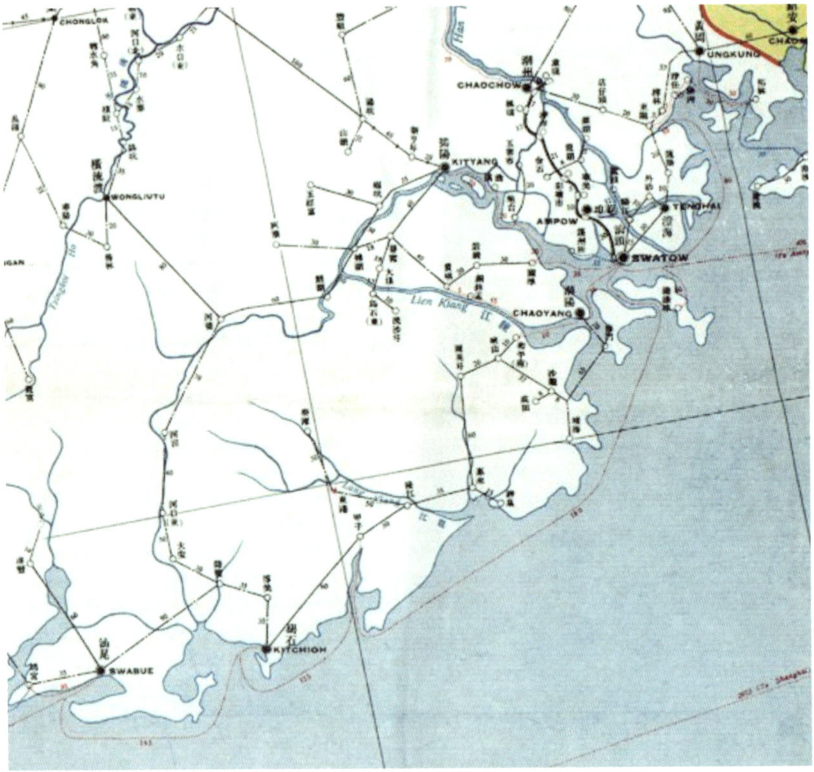

《广东邮务区舆图》节选（来源：《广东邮务区舆图》，制作于1925年）

1930年，日清汽船株式会社开通广州—香港—上海—青岛—大连—天津航线①。正是这些航线的开通，一批粤东文化青年开始赴上海等地发展。

韩江自古就是潮州航运的主要通道，自三河坝起，汇梅江、汀江之水，至潮州凤凰洲分三流出海：北溪30公里、东溪38公里、西溪42公里。1912年，炸除了梅江的礁石。1921年至1925年，在韩江下游裁弯取直，开挖新河长5000多米。抗日战争前，在东溪与西溪之间开凿一条蓬洞新溪，使东溪、西溪下游互通。

20世纪20年代，汕头埠的分布基本在西面，与商业街区紧密相连，所以戴平万和洪灵菲一上岸就看到商铺门紧闭。东面开始发展，南面礐石有一定规模，冯铿读书的友联中学处在通向海边的商业街。

从以上若干历史地图，可以还原戴平万、洪灵菲、陈波儿、杜国庠等赴上海的"左联"作家离开或者返回家乡的场景。在汕头、潮安、潮州20世纪20年代末的历史地理空间中，村落圩镇基本沿水系分布，特别

汕樟轻便铁路的运行场景（来源：广东省"三师"专业志愿者阿瑞于广东省档案馆的翻拍）

① 蒋祖缘：《广东航运史（近代部分）》，人民交通出版社，1989，第190页。

是韩江作为主要的水驿，既有通往汕头埠后远航至厦门、上海的航线，又有从潮州向北通往松口、梅县、高陂、大埔的内河航线，但需根据水流的变化来确定航线。洪灵菲的家乡红砂村就在韩江边东江镇的东南处，四面环水。汕头埠处于西面，也就是现在西堤公园至招商路之间，主要是太古、怡和和轮船招商局的码头，靠近西面是汕潮揭轮船公司的码头。有两条铁路：一条是潮汕铁路，现在汕头老城区东北面称为火车站的地方，联系潮安、潮州，在陈波儿同志的故

庵埠保存的潮汕铁路的碑石（来源：广东省“三师”专业志愿者阿瑞拍摄）

洪灵菲故居旁已经毁了的、与主屋围墙连为一体的小屋旧址（来源：广东省“三师”专业志愿者阿瑞拍摄）

乡庵埠绕开城区；另一条是汕樟轻便铁路，是在铁轨上用人力拉两节车厢，通往澄海，也是杜国庠的家乡。护堤在图上标示非常明显，因为是广东省治河处制作的地图，使用目的是堤坝建设。

戴平万故居原伯母居住的一侧，现在为两层（来源：广东省“三师”专业志愿者阿瑞拍摄）

从若干现实的照片可以体验当年的场景。在庵埠革命烈士纪念公园保存着潮汕铁路的碑石，上面竖向刻着“潮汕铁路”四字。

戴平万在其《出路》中描写了在红砂村洪灵菲故居藏匿的环境：“于君的田舍很小，人又多，很难处置我这不速之客人。我被领到一间似屋非屋的小室。墙是用旧砖砌成的，面上没有涂灰，隔路墙的孔隙，时常闪着过路人的影子。”在洪灵菲故居右侧，现在还可以看到一处已经毁了的砖房的屋顶痕迹，这应该是戴平万先生藏身一月多之处。

而在溪口村的戴平万故居，曾经被轰炸，后来重修时改为两层。1982年，戴平万的外甥女饶芃子教授采访戴平万夫人张惠君时回忆道：“1939年端午节，潮州城沦陷，我们一家老小回归湖溪口村避难。不久，溪口祖屋被敌机轰炸，平万伯母家有一人受伤，一位来寄宿的亲戚被炸死，我们一家大小幸平安，我写信到上海告知此事。他回信说：‘弹下余生，亦云幸

溪口村凤喈学校门口的校名牌（来源：广东省“三师”专业志愿者阿瑞拍摄）

矣！'"[1]

戴平万8岁入戴氏家族办的凤喈学堂，现在名字称为"凤喈小学"。这些从事革命与文学的英烈，情感丰富，他们对革命的忠诚和对故土的思念之间的矛盾，经常折磨着他们。

洪灵菲在其《致抛弃了的家庭》中写道：

母亲啊！慈爱怜悯的母亲呀！
这时候，雪光上还映照着你的笑容！
我想起你给予我的那种伟大的恳挚的慈爱，
我的血在沸了，无情的雪窖似乎要因此而消融！[2]

读解历史地图，体验历史场景，我们可以更深刻地理解烈士遗著的内涵，理解从村前那条古道走向大千世界抛头颅洒热血的伟大志向等。若能组织起南粤"左联"之旅，将友联中学冯铿纪念地、小公园蔡楚生纪念馆、汕头西堤公园世界记忆纪念地、汕头老火车站、韩江护堤沿线洪灵菲出生地东江镇、陈波儿出生地庵埠、戴平万出生地归湖镇溪口村、许美勋出生地宏安村、潮州城南小学、潮州岳伯亭总兵巷"双柑书院"、潮州金山中学、潮州城内洪灵菲家族"荣春堂"、澄海杜国庠墓地等，串起顺韩江护堤、韩江水上交通综合形成徒步红色之旅，若汕头、潮州两地紧密合作，此事可成为2020年"左联"成立90周年最好的纪念！

① 饶芃子、黄仲文：《戴平万研究》，汕头大学出版社，2000，第53页。
② 张晓阳、孔繁勋：《洪灵菲传》，江苏人民出版社，2016，第117页。

第七节 故人旧文新动能——再论粤东“左联”文化青年红色之旅[①]

1994年出版的《邓颖超文集》收录了邓颖超89篇从1938年至1992年写下的文章、书信和报告，其中有一篇祭文《悼念陈波儿同志》。邓颖超作于1951年12月1日的这篇祭文写道：“波儿同志，你的死讯带给我沉重的悲痛。你是一个优秀的电影艺术工作者。正当新中国的电影事业日益发展，我们正期待你作出更多更大的贡献的时候，亲爱的同志，你突然死去了，这是党的、人民的、妇女的一个损失。”“两年来，你的音容笑貌时刻萦饶在我的脑际，然而你已不在人间了。亲爱的同志，我们将加倍地努力学习和工作，积极建设我们伟大的祖国，坚决地消灭侵

陈波儿庵埠家乡的主街（来源：广东省“三师”专业志愿者阿瑞拍摄）

20世纪80年代出版的洪灵菲、冯铿烈士遗著[②]（来源：广东省“三师”专业志愿者阿瑞拍摄）

① 阿瑞：《故人旧文新动能——再论粤东左联文化青年红色之旅》，http://www.nanyueguyidao.cn/ViewMessage.aspx?MessageId=6528，访问日期：2018年10月29日。有删减。

② 《大海》为洪灵菲著，《重新起来！》为冯铿著，而《月下》是近年出版的洪灵菲作品，冠于民国名家。

略者，以取得更大的胜利。这就是悼念你的最好的办法。亲爱的波儿同志，安息吧！”邓颖超如此之感人肺腑的祭文，是对波儿同志这位自韩江边奔向上海，早年认识时正积极参与“左联”活动的文化青年的高度认可。

陈波儿有幸看到新中国的成立，而在上海与她来往的粤东几位“左联”文化青年，为信仰倒在屠刀下。“左联”文化青年洪灵菲，是“左联”七常委中唯一被杀的，也是最年轻但最早献出自己生命的文化青年；冯铿是“左联五烈士”唯一的女性，才二十四载的年华。与冯铿从韩江边共同奔赴上海的许美勋，于1931年4月12日在上海写道：“她死了，她不死于缠绵的恋情而死于伟大的革命，这是我所引为悲壮的！今天重读此诗，她的真挚热烈的情感，活跃纸上；我们过去的恋爱生活，也仿佛重现眼前。低吟讽诵之间，不觉涕之无从矣！”[①]同洪灵菲一直相伴前行的戴平万，仅42岁就逝世，没有看到新中国成立的曙光。

根据饶东同志的回忆，20世纪30年代戴平万带他在上海参加进步读书会，在聚会时见到陈波儿。有趣的是，丘东平也是在日本加入“左联”文艺组织的，而当丘东平任鲁迅艺术学院华中分院教务主任时，戴平万与丘东平再次相遇，任文学系教授。

生命是如此的短暂，但故人旧文却永恒，再读旧文，不仅仿佛重返旧时光，更能够获得新动能，看到粤东“左联”文化青年对故乡、家人的眷恋和对信仰的坚定。

相关左翼文学、孤岛文艺研究（来源：广东省“三师”专业志愿者阿瑞拍摄）

① 李伟江：《编后记》，载冯铿《重新起来！》，花城出版社，1986，第452页。

洪灵菲在《家信》中写道：

韩江边上的红棉树（来源：广东省"三师"专业志愿者阿瑞拍摄）

母亲！最亲爱的母亲！

信和菜脯都已经收到，我在你们的伟大的爱中沐浴着。你们的伟大的爱对于我是和日光一样需要着的。

唉，母亲。在像我现在这样的艰难困苦的状况下，伟大的爱和日光对于我都是极其重要的，就和穷人需要金钱一样，甚至和监狱里的犯人需要自由一样。母亲，在你们所给予我的伟大的爱之下，我禁不住在洒着眼泪，然而这眼泪是甘甜的。这眼泪使我感到异常神秘，使我的枯燥的心灵润温起来。这眼泪使我健康，使我充满着精力。母亲，我对着家乡的"菜脯"不知不觉地大动起乡思来了。母亲，我们故乡是世界最美丽的一个去处。或许我未免是说得太过。但我的感觉的确是这样的。我们的故乡有着辽阔的天空，有着空旷的大野，有着美丽大河流，澄澈的池塘。在秋天的时候，有着耀着日光的黄叶……"回到故乡吧，去躺在大自然的怀抱里吧，去躺在母亲的怀抱里吧！"我几乎要这样喊出来。但当我定一定神的时候，我感到这是一场虚空的梦，这是一场渺茫而又达不到的梦。这种梦是中世纪的诗人才能够做的，我们不配。[1]

在1930年3月1日初版的《气力出卖者》中，洪灵菲写道：

① 乐齐主编《洪灵菲小说精品》，中国文联出版社，1997，第356页。

母亲，我将和你们永别了，永远地别了！可是，母亲，我郑重地请你不要哭泣，因为哭泣对于我们并没有多少好处的。……母亲，我的生命是完了，但我愿意我的说话永远在你们的脑子里，在一切被压迫的人们的脑子里生了根。[1]

摘录这一大段充满理想主义色彩的文字作品，为的是纪念而不是忘却。如果在韩江护堤、码头阅读这些带着眼泪和血的文字，它们的艺术感染力油然而生，顺着韩江，一条红色之旅线路可以为地区产生精神和物质的新动能。对韩江、西堤码头和东江的家乡，洪灵菲在《流亡》中有这样的描写："由这S埠至T县的火车已经没有开行。埠上几个小工厂的烟筒没有了袅袅如云的黑烟。街上因为清道夫没有到来洗扫，很是秽湿，苍蝇丛集。"

此外，洪灵菲在逃往新加坡乘船时写道："由S埠开往新加坡的轮船，今日下午四时启锚了。这船的名字叫DK，修约五十丈，广约七八丈，蓝白色；它在一碧无垠的大海中的位置，好象一只蟑螂在无边的草原上一样。"从西堤码头回到家乡，他在《流亡》中也写道："他下车的这个乡村叫鹤林村，由鹤林村再过三四十里便是宁安村，由宁安村横渡一条河面阔不到一里远的韩远河便是仙境村，再由仙境村前行不到三四里路远便是A地，他的旧乡。"韩远河就是韩江，其他村名是化名，如果按照洪灵菲的描写，一条南粤古驿道灵菲足迹自然形成，今天在东江与庵埠之间，仍然有渡口。

庵埠梅龙渡口（来源：广东省"三师"专业志愿者阿瑞拍摄）

① 洪灵菲：《大海》，花城出版社，1984，第336页。

洪灵菲从金山中学进入中山大学，对广州的校园在小说《前线》中也有如此的描写："S大学是前清贡院的旧址，在后来改作两广优级师范，后来，又改作广东高等师范，再改作广东大学，直至现在才改称S大学。S大学的建筑物和两广优级师范时候丝豪没有改变，灰黑色的两座教室、大钟楼、军乐楼、宿舍，——这些古旧的洋式建筑物。"洪灵菲在文中说到的大钟楼是黄色的涂料，今天依然是黄色的模样，古树还在。

文明路中山大学旧址大钟楼和古树[①]（来源：广东省"三师"专业志愿者阿瑞拍摄）

从节点着手，在简单之处用力，是红色之旅的设立原则。对汕头特别重要的是冯铿烈士的活动和旧文中的感受和思想。对汕头中学时代的生活，冯铿写道："C教会的E国人真是难得，他（她）们本着主耶酥的博爱精神，把整千整万的洋金，汇到我们国里创办教育机关，建筑些

① 洪灵菲同志在此学习，对他影响最大的老师是郁达夫先生。戴平万学生时代所描述的古树今天依然充满生机。

含有English的洋房子做学校。不消说，和租了一两间昏暗的民房，便挂起市立、私立的招牌比较起来，青年学生们望了望那含着诱惑性的堂皇高大的洋房，耸起在绿草如茵的运动场上，为了精神身体两方面着想，总还是低着头儿合了眼睛，跟着教主耶酥更为上算吧！"在《最后的出路》中对故乡又有一番描写："在南中国最南的K省，有一个通商口岸A市，从A市到C城是一条铁路。在铁路向东远望，一带连绵不绝的青山和它——铁路——形成平行线般起伏着，山麓是点缀了疏疏落落的几十个小村。"对汕头现在金山中学的景观有如此之写意："在这里，向海面一望，对岸是苍黛参美的K山，现在山下山上，却点缀了许多西人的洋房子了，也成了A市民众唯一的游息的地方了。"[①]中学时代的冯铿，在汕头的《友联期刊》《岭东民国日报》就发表了许多颇有思想的文章，从中可以看到她后来充满革命浪漫主义的写作轨迹。

改革开放后出版的冯铿作品《红的日记》（来源：广东省"三师"专业志愿者阿瑞拍摄）

冯铿烈士遗著《重新起来！》（来源：广东省"三师"专业志愿者阿瑞拍摄）

冯铿在《重新起来！》中写道：

由码头通至A城里的官道上，两旁的柳树都呈现着零落的气象。似

① 冯铿、罗淑：《红的日记》，中国社会出版社，1998，第180页。

乎要告诉道上的行人，“南国的残秋是消失去了！”由柳树隙望去，两旁的田野都长满着金黄的禾穗，翻起阵阵金波，当晓风把它吹拂着的时候。初冬的丽日温和地从前面那些柿树隙，斜照在这蜿蜒的官道上；田野里的稻香，带着泥土的气息，一阵阵似有似无的蒸发出来，含着许多使人沉醉的力！A城的名胜北岩和西岩，就在这官道的两旁的乱山中。还有有名的文星塔，任凭行人怎么转弯抹角，老是浮现在眼前的。

还有，冯铿的一首诗如是写道：

晚祷的钟声[①]
不料又是一天晚祷的钟声，
这我可不知道了！
在悠悠的余音里，
偷看你，也沉默的蹙着眉头。

今早特地忘记带了表儿。
想在沉醉里尽量享乐这一天，
不知道午也不知道黄昏，
索性待灯光一灿时，那时呀，
在惶急里总可减轻一些别恨！

明天还是不来的好吧！
谁叫你这样使人难舍！？
不见时尚好陶醉在相思，
只有这晤后的别离呀，
这凄凉的一度回盼！
十五，十一，六晚，汕头。

① 原载于1928年2月16日上海《白露》半月刊第2卷第8期，署名岭梅。

"左联五烈士"被害后，20世纪30年代在上海出版了五烈士的专刊，《红的日记》被翻译成日文和俄文。鲁迅为"左联五烈士"写下了《为了忘却的记念》歌颂他们。今天，从故人的旧文摘取下来他们关于家乡、信仰的文字，是为了不要忘却！

第八节 致汕头友联师生的信[1]

汕头友联中学的老师和同学们：

你们好！虽然我在友联中学（时称七中）求学已经过去40余年，但师恩不敢忘！忆初中少年时，老师们面提教导，同学间情谊真切。

仍记得正是美术组郑老师的美术启蒙，造就了"七中美术群"的骄人成就，如郑林华（迪士尼美术总监）、杨之婉（汕头教育学院教授、汕头画院画家）、陈少雄（因病已故，中国当代艺术代表之一）、谢楚余（广州美术学院教授）、蔡伟国（广州美术学院教授）等一批艺术家，他们的艺术光芒闪耀在中国美术星空之中。仍记得商业街尾临近"广场"，广场足球场俨然成为校园足球场，少不了"球霸"的冲突。仍记得汕头劳大、鮀浦学农，方知农作之艰辛。

近日追寻"左联"作家足迹、推动韩江红色之旅的形成，我学习了友联中学的历史，再读了友联杰出校友冯铿女士《红的日记》《重新起来！》等旧书，我为友联中学出现以"左联五烈士"唯一一位女性作家冯铿为代表的、从南粤大地走向上海滩的"左联"作家们而骄傲。冯铿女士就学时刚建成的商业街面对大海，她在书中写道："在这里，向海面一望，对岸是苍黛参美的K山，现在山下山上，却点缀了许多西人的

① 许瑞生：《致汕头友联师生的信》，http://www.nanyueguyidao.cn/ViewMessage.aspx?MessageId=6786，访问日期：2018年12月6日。有删减。

洋房子了，也成了A市民众唯一的游息的地方了。”愿友联中学的师生记住这位鲁迅在《为了忘却的记念》里记述的主人翁，为中华之崛起而读书。

友联中学1919年因家国情怀而生，今天依然为中华民族复兴而盛。2019年友联中学迎来百年华诞，也适逢新中国成立70周年，冯铿女士等一批文化青年，一生为民族之独立自由而抗争，可惜却未能亲眼看到红日升起之时，盼汕头能记住他们的文学才华和执着信仰。

祝友联中学生日快乐！祝友联师生们校庆日快乐！

许瑞生

2018年12月1日

结束语

Postscript

本书从历史时空角度入手，在大的时空格局下，分析了韩江的历史演变，以及该演变在近现代对粤东地区社会文化和社会经济产生的影响，结合革命战争历史研读，揭示粤东地区走出众多“左联”青年的历史背景和原因。同时，以南粤“左联”青年作家的文学作品为切入点，以“三师”（规划师、建筑师、工程师）专业志愿者的视角，对他们的作品进行了研读和解读，意图展现南粤“左联”青年对革命的执着、对反动派的痛恨和对家国的热爱，并发挥专业特色，详细解析南粤“左联”之旅工作的缘起、进程和收获。

值此中国共产党成立100周年之际，我们谨以此书向革命先辈致敬！牢记历史，才能更好地面向未来。本书是对南粤“左联”青年作家文学作品的梳理归纳，也是对南粤“左联”之旅精神的解读和延伸，更是对南粤“左联”之旅工作的真实记录。由于时间仓促，且编写者水平受专业领域制约，本书仅对洪灵菲、戴平万等粤东籍“左联”文化青年做了发掘和解读，而在此之外，还有更多曾经活跃在韩江两岸的“左联”青年的故事等待着我们去发掘，这也将成为我们今后继续开展此项工作的动力源泉。

打造南粤“左联”之旅是广东省人民政府的重要工作部署，本书

是在广东省自然资源厅的指导下，依托南粤古驿道保护利用研究中心编撰完成的，主要编写者均为来自广东省规划师建筑师工程师志愿者协会的专业志愿者（协会简称“三师专业志愿者协会”，组成人员简称“三师”专业志愿者）。在编写过程中，本书引用了多篇“三师”专业志愿者阿瑞发表于南粤古驿道网站的读书笔记，笔记中大量的史实资料和线索梳理为本书的最终成稿奠定了扎实基础；广东省自然资源厅国土空间规划处为本书的写作提供了重要的业务支持；广东省水利厅在落实南粤“左联”之旅纪念性景观节点实施和质量把控方面起到了重要作用；广东省韩江流域管理局为本书提供了大量珍贵资料和照片，并给予在当地调研期间的便利；远在上海的中国左翼作家联盟会址纪念馆，以及汕头市金山中学、广东省文物考古研究所、广州鲁迅纪念馆等参与了本书的订正过程；南粤古驿道网站、广东省立中山图书馆、韩山师范学院、广东省港航集团有限公司为本书提供了资料支持，以及广东省文化和旅游厅、广东省体育局、广东省住房和城乡建设厅、广东省教育厅、广东省生态环境厅、广东省农业农村厅、汕头市人民政府、梅州市人民政府和潮州市人民政府等均予以支持。在此一并表示感谢。